慶喜と隆盛

美しい国の革命

福井孝典
Fukui Takanori

作品社

慶喜と隆盛　美しい国の革命／目　次

主な人物（登場順）

メルメ・カション　フランス人神父・ロッシュの通訳官
島津斉彬《なりあきら》　薩摩藩第十一代藩主
徳川家定　十三代将軍
栗本鋤雲　医師。箱館・外国・勘定奉行
レオン・ロッシュ　江戸駐在総領事兼代理公使
徳川慶喜《よしのぶ》　斉昭の子。十五代将軍
松平慶永（春嶽《しゅんがく》）　越前福井藩主
徳川斉昭（烈公）　水戸藩の第九代藩主
徳川慶福（家茂）　十四代将軍
橋本左内　越前福井藩士
西郷吉之助（隆盛）　薩摩藩士
横井小楠　儒学者。福井藩政治顧問
平岡円四郎　水戸藩士。慶喜の側用人
お芳　新門辰五郎の娘・慶喜の側女
島津久光　薩摩藩の事実上の最高権力者
高杉晋作　長州藩士。奇兵隊を創設
伊藤俊輔（博文）　長州藩士。初代内閣総理大臣
岩倉具視　公家。最初公武合体派、後に倒幕派
山内容堂　土佐藩主
孝明天皇　一世一元の制前に即位し崩御された最後の天皇
お梶　カションの妻
原市之進　水戸藩士。慶喜の側用人
勝海舟　幕臣。海軍操練所頭取。軍艦奉行
坂本龍馬　土佐藩脱藩浪士
赤松小三郎《こさぶろう》　政治思想家。薩摩藩で英国式兵学を教える
中村半次郎（桐野利秋）　薩摩藩士
アーネスト・サトウ　イギリス公使館の通訳・外交官
徳川昭武　慶喜の異母弟
後藤象二郎　土佐藩士
江藤新平　維新政府初代司法卿・参議。旧佐賀藩士

慶喜と隆盛

美しい国の革命

今日わたしたちは、誰にも似ていない。
わたしたちの声は、声のようでない。
日々の事実が、日々の真実のようでない。
豊かさが、わたしたちの豊かさのようでない。
わたしたちは、わたしたちのようでない。
喋る。とめどなく。わたしたちはそれだけだ。
わたしたちの不幸は、不幸のようでない。
死さえ、わたしたちの死のようでない。

長田弘『一日の終わりの詩集』より

一、カションの手紙

懐かしき友へ

この手紙を書いているのはメルメ・カション。君の昔の友人だ。十代後半から二十代にかけて、僕らは一緒の時間を過ごすことが多かった。パリのいりくんだ狭苦しい路地や、欲求不満の横溢する気味悪い雑踏は、僕らの心と体を下部から培養し続ける舞台だった。蜃気楼のようにそそり立つノートルダム大聖堂近くの袋小路にあった「ジルエット」という名の店は、大学へ通っていた僕らのたまり場のひとつになっていて、そこで哲学や政治を語り合っていたものだった。覚えているだろう？

ワインを流しこみながら言葉を投げ合い続けた毎日。時には街頭へ出て活動したこともあった。二月革命、王政崩壊、ルイ・ナポレオンの登場と、政治は目まぐるしく変化していた。第二帝政は、貧民街をつぶし、見通しの良い道路や清潔な広場を造成していく。馬車が鉄道に変わり全土に拡がっていった。急テンポで進んでいく大改造を呆然と眺めているうちにロシアとのクリミア戦争が開始された。僕が君たちの前から姿を消したのはちょうどその頃だ。

それ以来のおよそ十年間、僕はフランスに戻っていない。

君がその間何をしていて今どうなっているのか僕は何も知らない。この手紙の宛先は、大学時代に君が時々帰っていた実家の住所にさせてもらった。あの立派な屋敷ならば多分十年は平気でそのまま使われているだろうと考えたのだ。無事にとどいて、君に読んでもらえることを祈るのみだ。

この十年、あっという間だった気もするが、振り返ってみれば、よくもこんなに長い間、自分が異国の地にいられたものだと思わざるを得ない。

この間、僕は故郷から遠く離れた極東の国で過ごしていた。海外布教教会《ミッション・エトランゼール》の派遣という形だったが、布教活動よりも、見しらぬ土地に対する好奇心が僕の活動を引っ張っていたのだった。

琉球の那覇に上陸したのは一八五五年。

日本は鎖国中で、琉球王国は薩摩藩の付庸国《ふようこく》となっていたが、当時は未だ独自の外交を展開していた。しかも薩摩藩主の島津斉彬《なりあきら》はその頃の日本では珍しい「開明派」といわれた人物の一人で、そのおかげで、たくさんの商談を進めることができた。僕は他に二人のフランス人と一緒に霊現寺という寺を与えられ、そこを拠点に活動した。蒸気船の販売、留学生の受け入れ、紡績機や大小砲の販売等々、多くの計画を斉彬とめぐらした。斉彬は桜島を眺望する庭園に製煉所を作り、自ら造り上げた反射炉で大砲を鋳造したり、火薬の実験をおこなったりしていた。

きらめきながらたゆたう南海に囲まれた琉球諸島は、珊瑚礁を越えて吹いてくる海からのさわやかな風に、思わず微笑んでしまう心地良い所だ。一面の砂糖キビ畑や、ハイビスカス、ブーゲンビリア、デイゴ等の色鮮やかな花の数々、珊瑚を積んだ白っぽい石垣、朱色の屋根瓦。こうした南国の風土に生きる人々の暮らしぶりは、天からの賜物をそのまま受けとめているように自然で、純朴で、僕は憧れに似た気持ちを感じ続けていた。特に女性たちに対してその思いは強く、恥ずかしながら、ジェズイット教団の教えが急速に色あせていくようだった。僕はその島の生活にとけこみ、来たるべき日本本国での活動のために、薩摩藩の武士らを通じて日本語習得にはげんだ。

それが三年続いたところで、斉彬の思いがけない死という事態にあって全てが停止した。

彼の急死は薩摩藩にあってはもちろん、それ以外の日本国中にとっても大きな衝撃を与える事件だった。それによって琉球での活動が終了となり、一時香港へ帰港する決定となった。

香港は大英帝国の植民地だ。イギリス人の管理が徹底し、中国人といえば買弁か苦力《クーリー》、それに難民かアヘン中毒者だった。水も気候もあわず、そこでの生活にうとましさを感じだしている頃、アメリカ・オランダ・ロシア・イギリスに続いてフランスも江戸幕府と修好通商条約を結ぶという話になってきた。僕は日本語が多少わかる希少なフランス人だったので、通訳として軍艦ラプラス号に乗りこみ他二隻とともに再び日本国の、今度は江戸に向かうこととなった。

東シナ海の諸島を背にし、まっすぐ北へ向かうと、チチャコフ岬（佐多岬）に接近する。その後方、鹿児島湾へといりくむ入口に開聞岳の姿をはっきり確認する。

とうとう日本列島にたどりついたのだ。

訪れたくとも訪れられなかった神秘の列島が海ぞいに続いて現れる。景色は様々で、険しい岸壁もあれば豊かな畑地や田園、緑重なる山地が続く海岸もある。勢いも規模も、超がつくほど巨大な青黒い海流が南からとうとうと流れ来ていて、それに乗って列島の腹部をじっくり眺められた。

奥には極めて標高の高い山岳が見上げるように連なっている。その山脈を背景に、見事に裾野が広がった巨大なシンメトリーのコニーデが現れる。日本人が神の山とあがめる富士山だ。青空を背景にしてその荘厳な姿が、完成された絵のように堂々と眼前にあらわれた。

近くの伊豆半島に下田がある。その静かな港に錨《いかり》をおろし、滞在中のアメリカ総領事ハリスの館《やかた》を訪問し情報交換をした。艦に戻ると、日本の奉行がラプラス号に小舟でやって来て、こちらの言い分を聞いてから翌日の昼食に招待してきた。

初めてふれる日本の屋敷での料理は、これまで一度たりとも体験したことの無い正餐だった。そのメニューの記録はとってある。

第一膳
1、魚のスープ　2、香草を添えた豚肉　3、バニラを振りかけた栗のペースト
4、刻んだハーブ盛りの細かく切られた茹で魚
第二膳
5、緑生姜と人参の盛られた魚　6、細かく切られた大海老
第三膳

7、どろっとした風味の非常に熱い二種類の酒　8、野菜スープ
第四膳
9、花の咲いた草を中心に添え様々な細工をほどこした、ボラ科の大きな茹で魚
第五膳
10、米飯　11、細かく切られた茹で鶏　12、ラム酒のような三種類目の熱い酒
13、茶

以上のようで、給仕人は刀をさしたサムライ。野蛮人の接客係かと思いきや、所作はソツなく洗練されていた。君が知っているかどうかは分からないが、サムライたちは皆が皆、腰に刀をさしていて、それはカミソリのように鋭くナタのように頑丈なサーベルで、人を切り裂くにはこれ以上ないと考えられる武器だ。そういう物騒な武器を身につけているものの、彼らの言動は文明化されていて優雅ささえ感じられた。料理はどうだったかと言えば、見た目からして、日本の文化を象徴しているような緻密な美意識で心配りされていて、味もまた素材を活かした繊細なものだった。

数日間、僕たちは下田の町で月見踊りの祭りに参加したり三味線の音色《ねいろ》がただよう町家に入ったり、開放した艦隊の甲板でシャンパンやリキュールを飲みあったりして、交歓し

て過ごした。時間がかかったのは、わが艦隊が江戸湾に入るのに彼らが難色を示したためで、ちょうど十三代将軍家定が亡くなって喪に服さねばならなくなった事実と、四カ国との通商条約締結後にわかに高まってきた攘夷運動をめぐるむずかしい事情への配慮が奉行の側から訴えられていた。

われわれの方は飽くまで他の四カ国と同様に江戸で条約を締結したいと譲らず、許可の無いままに錨を上げ、江戸湾に向かった。

噴煙を上げる活火山の島（伊豆大島）を右に、富士山を左に見ながら相模湾を通過し、浦賀水道を越えれば、とうとう目的の江戸湾に入る。波静かで気持ちよく広がった湾で、沿岸には人家や村や町が望め、漁船のならぶ浜辺や人の手が入った農地等が続いていた。

一つ帆を持つだけの大小様々な帆船がせわしなく行き来しており、それぞれにまかせられた仕事を律儀にこなしているのが見てとれた。

神奈川沖にはイギリスやアメリカの艦船が停泊していたが、われわれはかまわず江戸をめざしてさらに奥へ進み、砲台をかまえた急ごしらえの小島（台場）を横目でにらみつつ、測鉛を投じて水深を計りながら目的の場所へと向かった。

停泊地は品川沖で、海上の五つの堡塁越しに、将軍の住む江戸の町並みを眺望できる場所だった。

サンパンに乗った数名の奉行がラプラス号に乗りこんできて、神奈川（横浜）に戻れば歓迎する旨を述べた。しかしわれわれは飽くまで四カ国と同様に江戸での交渉をもとめ、それを認めさせるのに数日かかった。

その間、われわれの艦隊に近づき、水や野菜、石炭等を運ぶ小舟が何艘も現れた。船乗りは多くが褌《ふんどし》だけの裸体か簡単な半纏《はんてん》をまとっているだけで、赤銅色の肉体に入れ墨をいれている者も多かった。髪型は全員がこの国独特の髷《まげ》をゆっている。仕事をしながら掛け声をかけ合ったり歌を歌ったりしている者たちもいて、気が置けない連中であると感じられた。

われわれの宿舎は、愛宕権現《あたごごんげん》社の六十八段の石段下にある真福寺と決まり、いよいよ使節団の上陸となった。

分乗したボートで一時間波に揺られた後、やっと海岸にたどりつく。そこからは、金棒引の掛け声つきの先導で、フランス国旗を掲げたフランス水兵と徒歩《かち》で従う随員を回りに配置しながら、漆塗りの駕籠《かご》に乗った使節と共にわれわれは進んだ。

道は広く、石が敷かれ、掃除が行き届いていて、側溝には澄んだ水がさらさらと流れていた。中国はもとより、パリにくらべても格段に清潔だ。われわれの進んだ道は大部分が大名小路と呼ばれる所で、両側には大名や武家の、黒瓦が葺《ふ》かれた、似たような雰囲気の屋敷がならんでいた。虚飾を排したこの落ち着いた町並みも日本独特のものだ。それらの屋敷に開けられている格子窓の後ろには例外なく、われわれを観察する好奇心に満ちたいくつもの観察者の顔があった。

真福寺に陣地を確保してから懸案の「江戸会議」が始まった。

日仏修好通商条約の締結が目的であったが、まず議題に上ったのが、使節団一行が宿舎から外に出られるのか否かという問題だった。日本側は将軍家定の服喪が継続している、許可無しの外出は認められないと主張した。こちらは、「日本は極東で最も教養がある国で、フランス人は日本人に対して多くの敬意と共感を有しており、そうした敬意があるゆえに皇帝ナポレオンは日本と平和友好条約を結ぼうとしているが、こうした取り扱いをするならそうした日本人への共感は大きく変わるだろうし、フランス側の好意の感情は消し去られるだろう」と大きな声で主張した。結局、日本側は譲歩し、すべての外出は認められるようになった。

約一カ月の交渉で条約は締結され、翌年初代フランス総領事に任命されたベルクールの公使館は三田の済海寺に設置された。イギリス公使館がおかれた高輪の東禅寺も近くにあり、足下を通る東海道の向こうには袖ケ浦の海原が日の光をきらめかせながら、ようようと広がっていた。

批准書交換とそれにかかわる交渉は浜御殿の手前、汐留橋近くにある屋敷で行われた。「外務御殿」とわれわれの間で呼ばれたその場所は、老中をしているサムライの上屋敷だった。批准書交換も無事に終了し、僕は新設の公使館で総領事らと一緒に仕事をすることとなった。

自由になる時間も多かったので、東海道を使って品川や神奈川へしばしば顔を出したり、逆方向に江戸の町を訪れたりした。品川も神奈川も海ぞいに走る東海道の有名な宿場町で、ここでは旅をする人々やそれを世話する人々の、長年にわたってつちかわれてきた作法やしきたり、細やかなサービスが体験できる。東海道の起点となっている日本橋界隈をはじめとして、江戸の町の賑わいぶり、その独特な文化の様相は、君が実際に来てみなければ決して想像のつくものではないだろう。

馬を使って金沢村や鎌倉、本所や谷中の方までくり出すこともあった。寺や神社、茶屋や休憩所が適当に点在していて、それぞれの味わいを持つ田園風景が楽しめた。出会う日本の庶民たちは、陽気で明るく、僕たちに対する興味の強さは隠しようがなかった。女たちははにかんで上目づかいに微笑み、子供たちは得意そうに声をあげてあけっぴろげな笑顔で後からついてきた。

僕らは人気者なのか？　恐れられているのか？　いや、どちらでもないのだろう。確かに珍しい存在であることは間違いない。二百年以上も続いた鎖国の時代を経た後、ここへ来て、全ての日本人が、われわれ西洋に対して強い好奇心を持つにいたったのだと思う。ただサムライたちの中には、高まる攘夷運動の影響か、傲慢にわれわれを見下し、敵意を表に出した行動をとる者たちもおり、事件が続発した。

公使館をかまえた頃、ロシア軍艦の士官と水兵が、横浜でずたずたに斬り殺された。十一月にはフランス副領事の従者の中国人が、その二カ月後にはイギリス公使館の門前で日本人通訳が刺し殺され、オランダ商船の船長二名も横浜の路上で斬り殺され、フランス公使の召使いが公使館の門前で斬りつけられ重傷を負う。その後もアメリカ公使館の通訳官ヒュースケンの殺害や、イギリス公使館が一団のサムライたちに襲撃された東禅寺事件等々が続いた。

われわれは常時拳銃を所持しなければならないような状況でもあった。

こうした有様に断固抗議し、英仏は一時公使館を高輪・三田から神奈川に移した。イギリスは浄龍寺、フランスは甚行寺を使った。

いずれも神奈川宿の中にある便利な場所だった。近くの小高い丘にある本覚寺を使ったアメリカ領事館からは、横浜湾を一望する素晴らしいパノラマが眺望できた。物騒な世情にあっても、われわれは活動を進めることができたし、幕府もその方向で援助し続けてくれた。

神奈川宿でも僕はオリエンタルな珍しい体験を積み重ねることができた。芝居小屋へもよく通った。茶屋遊びや骨董の目利き、日本料理の味わい方等についても随分腕を上げた。

二年間の公使館勤務の後、教会の方から、アイヌ民族のいる蝦夷《えぞ》への布教方針が出され、開港された箱館《はこだて》でひそかに教会を新設するよう転勤命令がくだされてきた。

箱館という町の名を君は聞いたことがあるか？　日本の北端、蝦夷という島にある港町だ。緯度からすればフランスと変わりはしないのだが、気温はずっと低い。冬になれば、イギリスの北部か北欧のような寒さにみまわれる。暖房の貧弱さから部屋の中でさえ液体は凍りついてしまう。主にアメリカの捕鯨漁業を援助するために外国にむけて開港されたが、ここで生活する外国人の数は極めて少ない。四つある寺院の一つはアメリカの貿易代理人に、二つはロシア領事とその職員に、一つはイギリス領事館に提供されていた。フランスの領事業務はイギリスの領事に代行してもらい、僕はイギリス領事館のおかれた称名寺の一角に住居を作ってもらって、これを秘密の司祭館として使った。

しかし外国船が停泊していない時、市内に残るヨーロッパ系の人間はわずか十人にも満たないという有様だった。箱館の人口は約八千人、蝦夷地全体でも八万人に過ぎない。

そこに僕は約三年間いた。辺境の土地だったが、ここでの生活も大いに興味深いものだった。南北に約三千キロの長さを持つ日本列島は、その南の果てと北の果てとでは天候がはなはだしく違う。眺める景色も海の色も、吸いこむ空気も口にする食べ物も、すべてが異なる。しかも日本の四季の変異はいちじるしく、春夏秋冬それぞれに違った国にいるかのようにダイナミックに変貌する。異なる場所でこれらの季節の変容に触れられるだけで、神が賜《たまわ》った喜びを感じてしまうのだった。

箱館山の頂上から眺めると、町は麓《ふもと》と岬のように延びてきている土地の北西側にあって、大きな湾にそった、はっきりした列となって家が並んでいる。粗末な平屋が多く、屋根にはどの家も風に吹き飛ばされないように重しとして大きな石がいくつも置かれていた。湾はジブラルタルに似た美しい良港であり、何艘もの大型船の停泊しているのが見える。

土地の大部分は草原か湿地になっていて、南東側は長く延びる砂浜になっていた。遠く山脈の稜線の中に、噴煙を上げている駒ヶ岳とその麓にある大沼小沼の輝きが望める。

僕は時折馬を駆って、東側の浜辺の先にある遊楽部《ゆうらっぷ》や長万部《おしゃまんべ》へ行った。アイヌの集落を訪れるためである。彼らに対する布教が教会本部から指示されていたこともあるが、蝦夷地で接する風物は本当に心を魅了する稀世《きせい》なもので、好奇心がいや増すばかりだったのだ。

見渡すかぎり、人の手が入ったことの無い大自然が広がっていて、本土では高山でしか咲かないような幾種類もの植物が小さな花を広げている。南東から吹き付けてくる磯の風が、その色とりどりの花弁を荒々しく揺らしていく。川には鮭や鱒、海にはニシンやホッケが群れをなして踊っている。海底にいるカキやホタテ、カニの類の味は徹頭徹尾純粋だ。旅は数日かかる。アイヌ人は日本人とは明らかに違う民族で、支配されているという状況からは、琉球人と似たところがあるかもしれない。毛が深く、顔や手に独特な入れ墨をほどこしている。犬ぞり用にたくさん犬を育て、クマ祭りで使うクマを檻に入れて飼っている。獣の皮を使ったりして作る独特の服装は、寒さ対策の工夫がなされていて、鮮やかな色合いが使われている。

僕はアイヌの言葉をたくさん蒐集《しゅうしゅう》した。

同時に僕自身の日本語能力も高めなければならなかった。幸い、僕がここへ来る一年前に江戸から箱館に左遷されてきた栗本鋤雲《じょうん》という医者が奉行所にいて、彼が英語とオランダ語をあやつれたため、僕がフランス語を教えるのと交換に彼からじっくり日本語を教わることができた。

栗本は箱館に医学所や薬草園を建設したばかりではなく、海運や牧畜等、地域振興にも貢献している有能な人物だった。多くの事柄に興味を抱くが、その一つ一つに向かう姿勢が真摯で、生半可なところでお茶をにごすようなことはなかった。学者の真面目さと能吏の敏腕さを持っている。僕らは心から打ち解け、協力して『仏英和辞書』を編纂した。

日本に来てからずっとそうなのだが、この国の政治情勢はフランスのそれに劣らず極めて流動的で、江戸幕府をめぐる政治上のかけひきもすこぶる活発な様子だ。栗本鋤雲の場合、江戸でとがめを受けて箱館に飛ばされてきたのだが、ここで実力が認められ、身分が医籍から武士に格上げされ、そのうちに箱館奉行所組頭の役を任せられるようになった。政治的環境にも変化があったのかもしれない。いずれにしてもここのところ、驚きの人事異動を引き起こす出来事が増えてきていた。

僕自身についても今年一八六三年に大きな変化があった。フランス公使館書記官として再び江戸にもどることが決まったのだった。直接の契機は公使が代わることに起因しているのだが、これまでのベルクールに代わってレオン・ロッシュという人がやって来る。やる気のある人物のようで、赴任に当たって、彼は日本語の出来るフランス人を精力的にかき集めた。その数少ない人間である僕に白羽の矢が飛んできたというわけだ。実際、僕自身、日本語理解にかなり自信を持つにいたっている。何しろこの十年間、意識的にこの能力向上に向けて努力してきたからね。

レオン・ロッシュはフランスでは有名人らしいではないか？　リビアやチュニジアで総領事をやってきた経歴を持つ、アラブ方面の外交では第一人者と目されている人物なのだろう？　ナポレオン三世とも微妙な関係を保っているという噂もある。なかなか一筋縄ではいかない人間のようではないか。こちらの前評判は大変なものがある。

しかし残念ながら僕はくわしい情報を持ち合わせていない。第二帝政の時代のほとんど全部を、僕ははるかな異国で過ごし続けてきたわけなのだから。それでぜひ君に頼みたいのは、君が知り得るロッシュの情報を僕に伝えてもらいたいということだ。

孫子という中国の兵法家に「相手を知り、自分を知れば、百回戦っても負けない」という言葉がある。日本を知ることは先ず第一に重要だが、フランス自身がどうなっているのか、ロッシュという外交官がどういう人間であるのか、それを把握しておくのも必須の準備だと考えるのだ。まあ、実際に会ってみれば、そんなことはたちどころにわかってしまうかもしれないが、僕にとって来春からの活動は、人生でまたとない、とてつもなく重要なものになりそうで、どうしても失敗したくないのだ。僕の緊張をわかってくれ。

親切なアドバイスを待っている。

一八六三年十一月
メルメ・カション

二、一橋派

話は七年ほど前にもどる。安政四年（一八五七年）。翌年、井伊直弼《いいなおすけ》が大老となり、薩摩の島津斉彬は急逝し、安政の大獄がはじまるが、それらが起きる一年前の正月のことだ。その朝の光景を描いた絵が安藤広重の名所江戸百景にある。『霞かせき』と題されている絵で、霞が関の坂の上から、軒をならべる屋根瓦の群れと、その向こうに広がる江戸湾が見える。

水平線は朝焼けで朱に染まり、それに続いて白い暁が広がっているが、頭上の空は未だ青黒い。その天空にゆうゆうと浮かぶ、長い尾を垂らした数枚の凧《たこ》。白帆を立てた船が海をいくつか渡っている。坂の両側は武家屋敷になっていて、右側は家臣用の二階建ての長屋が壁のように連なっており、左側には辻番（交番）があってその前には門松が立てられている。

坂の上には数人の姿がある。中央には、天照大神の名が書かれた万灯《まんどう》を先にたらした長い棒を持つ太神楽《だいかぐら》の四人連れ、それを見ている三河万歳の太夫と才蔵、手ぬぐいを頭に巻いてたくさんの折り詰めを肩に乗せている寿司売り、手に羽子板を持った母子連れ、年始の年玉に使われた扇を箱ごと買い取る払扇箱買《はらいおうぎばこか》い、そしてその後ろから武士団が列をなして坂を上って来ている。

元旦と二日は各大名や役人は登城して将軍に年賀を述べる決まりになっている。それぞれ供を引き連れて行列を仕立てて登城する。そのため、江戸の町は行列の侍、それを見物する町人たちで大混雑する。特に日本橋から常磐門、大手門にかけての大通り、広小路は人でいっぱいだ。日本橋の活気については現在の「三越」の地下に常設されている『凞代《きだい》勝覧《しょうらん》』の絵巻で観られる。その中を各種の大名や大身《たいしん》旗本の行列が通過し、待機するわけである。

江戸城の天守閣は建物が四十五メートル、石垣が十五メートル、約六十メートルのものがそびえ、江戸の町どこからも望めたものだが、明暦《めいれき》の大火（一六五七年）で焼失し、本丸御殿は、その後再建された。

その本丸御殿の明け五ツ（午前八時）、将軍家定は江戸紫の長直垂《ひたたれ》で白書院の上段に入ろうとしている。既に下段には御三卿である徳川慶喜《よしのぶ》刑部卿が着ている藍色の直垂や、越前福井藩主の松平慶永《よしなが》（春嶽）や薩摩藩主の島津斉彬の「大廊下詰め」の顔も見られる。

この「大廊下詰め」と「溜《たまり》の間詰め」とそれぞれが待機する部屋の名前で区分される者たちの仲が良くない。溜の間詰めとはいわゆる黒書院（中枢部）で、幕府の実務派である。

主席老中は、まだおくびにもだしていないが、次の老中か大老には、溜の間詰めの井伊直弼を選ぼうと考えていた。水戸の老公斉昭《なりあき》や島津斉彬、松平慶永は、ハリス下田赴任後のきびしい国際政治情勢の中、次の将軍には実力あるとみられる一橋徳川慶喜が適当と考えた。しかし井伊直弼はその考えを好まず、譜代大名を中心として、紀伊の徳川慶福《よしとみ》を推す「南紀派」を形成していた。

だからこの朝の「大廊下」と「溜の間」とではそうとう雰囲気が違っていた。一橋派が多い大廊下では、ペリーやハリスの強引なやり方に反発し、尊皇攘夷の気運が横溢していたし、溜の間では外国使節とうまくやっていこうという空気に溢れていた。

小姓の大きな呼び声とともに将軍家定が白書院上段の間に着座し、三家位階の順に一人ずつ出礼、ただちに下段左方に着座する。続いて加賀、越前、溜の間詰め等々が敷居うちに入り、礼をして着座する。そこで老中が年始の賀詞を述べる。将軍はただ「おめでとう」とのみ。

盃・土器《かわらけ》・吸物等だけの簡単な宴を行い、それがすむと今度はそろって大広間下段へ移動する。老中が襖を開くと、二の間以下、譜代大名、外様大名、その他五位の諸大夫、布《ほう》衣《い》、寄合、書院番、大番等、五百畳をうめつくした一同が一斉に平伏する。老中が年頭賀詞を言上した後、将軍が上段の間に入場し着座。この時、発したのも、ただ「おめでとう」という言葉だけだった。

こうして江戸城内での元旦賀儀は役職持ちの侍たちをみな集めてすすめられていくのだが、この時、大手門前では下馬評談議をする家来たちにまじって越前福井藩士橋本左内《さない》の姿があった。勿論、丸に三葵の越前家の提灯の下にである。

そこへぶらりと城内から西郷吉之助（隆盛）の大きな身体が現れ、

「お疲《やっ》れさ《とさー》ま、ちっと」と左内を呼び出した。

「何ね？」

「わかっちよっと？　明後日三日の暮れ五ツ（午後八時）に山谷堀の『有明楼《ゆうめいろう》』ど。魂ぎるようなお方と会えるかもしれん」

「魂ぎるような？　誰ね？」

「それは来てからの、お楽しみでごわす」

「そうか。ところで今江戸に横井小楠《よこいしょうなん》先生が来ている」

「横井小楠？　肥後の？」

「そうそう。肥後もやっと放出と福井藩への招聘《しょうへい》を認めた。それで越前へ向かう途中、江戸まで脚を伸ばし、今、わが藩の上屋敷に滞在している。一緒に連れていっても良いか？」

「よかこつ。純粋な朱子学を唱える儒者ち聴いちょる。おいくつになられる？」

「四十九歳だそうだ」

「まだまだ」

「山谷堀まで舟を出したいのだが……」

「おいと一緒に行きもんせ。神田川を通って、柳橋から大川（隅田川）を上るでごわす。船宿で緒牙舟《ちょきぶね》を出してくれもす」

西郷吉之助・橋本左内・横井小楠の三人は三日暮れ七ツ半（午後五時）には、大川の上にいた。皆、編み笠をかぶっている。

当時、水運都市江戸の物流は大川を中心に回っていると言っても過言でなく、江戸湾と多くの運河を結ぶ背骨といってよかった。

柳橋を過ぎると右岸には「有無の二縁の回向院《えこういん》」、そして深川とその奥に材木置場が広がり、左岸には、幕府直轄地から送られてきた広大な御米倉の倉庫群が望まれる。

「深川は良い別荘地になっていると聞いてるが、本当か？」と横井が聞いた。

「そうじゃなあ。過去は十万坪と言われる埋め立てで、塵芥で築かれた馬鹿でかい田畑ち言われちょっとが、今は寺社や大名の御屋敷も多く、新しい遊び場も出来て、本所深川なんど人気がありもす」と西郷が答えると、

「幕府の政策が成功した例じゃないかね」と横井はうなずいて、「開墾だの領地の拡大などは盛んにやってもらわにゃならん」と主張する産業振興説の片鱗をのぞかせた。

「当然でしょう。英夷の跋扈《ばっこ》する今日、日本国中を一家と見なし、小嫌猜疑にこだわってはならんでしょうな。われわれの運動の中にも、そうした向きが無いわけではありませんが……」と橋本左内は前を見ながら言う。

川を渡る冷たい風が心地良い。

船頭のたくみな櫂《かい》さばきによって舟はぐいぐい進む。両岸の川面に映る灯火が走るように後退する。

左に望む浅草寺の駒形堂にかかげる常灯明の光は、生死の闇を照らしていると言われている。材木町を過ぎて大川橋のたもとは、有名な花川戸である。山谷堀はすぐそこ。新吉原へ続く日本堤《づつみ》の近く、今戸橋のたもとに有明楼はあった。店の前の川縁に舟を直接つけ

ることができる。

三人が二階へ上がると、座敷の炬燵《こたつ》の前に褞袍《どてら》を羽織った、髷を町人風にゆった男が、大根を出汁で煮たもので飲んでいた。近くに若い侍が、刀を横に置いて控えている。

「やあ、ひいさん。もうお越しじゃったか」と西郷が言った。

「お前が吉原へ連れて行ってくれるということでな、やって来た」とひいさんと呼ばれた男が言った。

「その前にちっと飲まにゃあならんど」

「もう飲んでおる」

「そんようじゃったのう」と西郷は笑って、「今夜は他に二人を紹介しなけりゃなりもはん。一人は橋本左内。松平慶永公の下、本当《ほんのこつ》に日夜東奔西走している者でごわす。数カ国語をあやつり、まこと類い稀なる俊才でごわす。おいが斉彬公の手足でありもすごたる、こん橋本左内は慶永公の懐刀でござぃもす。……もう一人は横井小楠先生。この度めでたく越前の明道館での講義が認められたこってす」と言った。それから向き直って「こちらは『ひいさん』つうこつになっちょりまするが、一橋徳川慶喜公であられるど。そいでこちらは水戸の侍・平岡円四郎殿」と紹介した。

「おいおい勘弁してくれよ。ひいさんになった意味がない」と慶喜。

橋本左内はかしこまって、

「一橋公であらせられましたか。我が君慶永公はずっと以前から天地具在の道理を説いておられました。将軍は一橋公をおいて他にあり得ましょうか。一刻も早く将軍になられんことを」と礼を正して辞儀をする。

慶喜は本日「おめでとう」の言葉しか出せなかった徳川家定の姿を思い出す。五年前将軍継嗣問題で争った。それ以来「一橋派」が出来ている。国際政治が逼迫《ひっぱく》しつつある今日、将軍には特別なリーダーシップが求められている。しかし家定には能力的にそれを求めようはずもなかった。

「将軍とは征夷大将軍のことか？」と慶喜はとぼけ顔。

「もちろんですとも。他に何があり得ましょう？」と横井。

「征夷がつくと、とても難しい」

「それを言ってはなりませぬ。それだからこそ、水戸の流れをくむ一橋様がふさわしいのです。上を利するのではなく下を利するのが富国。君主のために国があるのではなくて国を治めるために君主がある。これが堯舜《ぎょうしゅん》の仁政でござる。それがあなた様には求められている」と儒学者横井が言う。

「俺と父親とは別ぞ」と慶喜は主張する。

慶喜の父、徳川斉昭（烈公）は尊皇攘夷を信奉すること激烈として知られている。正室は有栖川宮家の王女で、慶喜はその七番目の男子である。

慶喜は誕生の翌年から江戸小石川邸を去り、十歳まで水戸で藩校の弘道館に通学し、水戸学を学んだ。

水戸学は、創始者水戸光圀《みつくに》の秘伝に「もし徳川家と朝廷の間に弓矢のことあれば、いさぎよく弓矢を捨てて、京を奉ぜよ」とあるように一途な尊皇であり、父斉昭は攘夷派として知られていた。

子どもの頃から慶喜は、寝相を正すために枕の両側に剃刀《かみそり》の刃を立てられ、早暁から四書五経の音読、朝食後は習字、弘道館で勉強、午後は武芸、夕食後は四書五経の音読と日課が決まっていた。修学の態度が不真面目だと座敷牢に入れられたこともある。十一歳の時、将軍家のあとを継げる御三卿の一つ、一橋家の養子になった。

正室の美賀子は一条忠香《ただか》の養女、その姉の輝姫がもともと慶喜の婚約者であったが、疱瘡にかかり破談となって自害した。その輝姫の亡霊が美賀子を悩ませているという。

「父は一直線じゃからのう」と慶喜はつぶやいた。

「いやそれはわが君島津斉彬公も同じでごわす。わが君は斉昭公や慶永公と組んで、早うから外国の脅威をば訴え続けてこられた。じゃどん一方では外国の優れた文化を取り入れてきもした。将軍は俊邁明瞭・闊達剛正な方でないとこの時期乗り切れんごつ。将軍家の正室に、斉彬公の養女で近衛家の養女ともなられた篤姫（天璋院）様をお送りになったのも、慶喜様を将軍職につかせるためでごわす」

「子どものできぬ家定公に篤姫様が嫁いだのも、私を将軍職につけるためだと言うのか？」

「そうでごわす。おいが御庭方役になったのも半分以上があなた様を将軍職につけるためでごわす。おいどんも水戸家の家老・武田《たけだ》耕雲斎《こううんさい》殿とは何度も連絡をもたしていただいておりもす」

「いやはや」と慶喜はため息をつく。「本人の意思は無いものかのう」

「それが天命でござる」と横井小楠。

「それが東照宮様から伝わった御屋形様の務めであらせられます。そして忠実の二字は万世の亀鑑、百行の根本です。節義にはげみなされますように」と左内がいう。

「そう言われるとつらいのう。私は最初から『征夷大将軍は嫌じゃ』と言い続けておるがのう」

「そんなおたわむれは止しにして、今日はみんなでずんばい飲みやんせ」

「吉原はどうした？」と言いはる慶喜を押さえて、

「先ずは飲みやんせ。すべては下の者に任せるがよろしい」と西郷は酒を勧めた。

しかしながら西郷吉之助・徳川慶喜・平岡円四郎をそれぞれのせた駕籠が三台、横井・橋本を残して山谷堀を後にし、吉原遊郭めざして日本堤を走り出したのは暮れの五ツ（午後八時）頃、旗本門限が終わる時間だった。

広重の名所百景『よし原日本堤』には、ちょうどこの頃の、遊里へ向かう真っすぐな土手道が描かれている。絵にあるように、駕籠を雇って行くもよし、頭巾で顔を包んで歩いて行くもよし。土手の上には百軒以上のよしず張りの編み笠茶屋がならんでいる。

雁の群れが渡っていく空には、寒々と月がかかっている。右の端には「見返り柳」が描かれている。そこから大きく曲った五十間道を通り、お歯黒溝《はぐろどぶ》で囲われた遊郭まではすぐそこだ。

出入り口は「大門」一カ所に限定されている。そこで駕籠を降りると、左側には面番所、右側には四郎兵衛会所という番小屋がある。

大門をくぐれば「仲の町《ちょう》」の直線道路で、たくさんの提灯に照らされ、不夜城さながら。各妓楼から三味線のお囃子が絶え間なく聞こえてくる。食い物や飲み物の良い匂いが漂ってくる。

「角町《すみ》にある稲本楼に行くぞ」と西郷吉之助は言う。

「それがおまえの馴染みの所だな」と慶喜が言うと、
「『若紫』はおいのもんでごあんで」と西郷は女の名前を口にした。

三、浅草で

時は文久二年（一八六二年）六月二十四日。五年半が経っている。この五年半の間、多くの事柄があった。

ことの発端は老中が近江彦根藩主の井伊直弼を大老に選んだこと。井伊は勅許をとらず朝廷を無視して、日米修好通商条約に調印した。そして十三代将軍家定は死の十日前に、十四代将軍職を慶福《よしとみ》（後家茂《いえもち》）にすると発表。慶福は十三歳という若年であったが、これで、優勢であるとみられていた一橋派ではなく、南紀派の完全勝利となった。

怒った島津斉彬が、藩兵五千名を引き連れて上洛を企図し、井伊専横に対峙しようとする。その斉彬が思いがけなく急逝する。おいかぶさるように水戸の徳川斉昭に謹慎永蟄居、慶喜に登城停止、西郷吉之助に奄美大島へ流刑、橋本左内・吉田松陰に処刑という刑が下され、百名を越える処分者を出す。

いわゆる安政の大獄であった。

そうこうしているうちに水戸藩士たちが雪の降る桜田門外で変を起こし、時代はまた大きく変化する。

皇妹和宮《かずのみや》と将軍家茂の婚姻による公武合体という運動が進んだ。徳川斉昭が死亡し、慶喜が将軍後見職に任じられる直前のことである。

この日、徳川慶喜は「ひいさん」と呼ばれる町人姿に扮して、平岡円四郎を警護に引き連れて、愛宕《あたご》神社にくり出した。「千日詣り」を見るためもあったが、愛宕山下の茶屋街で一杯引っかけるのも目的である。

江戸最高峰、海抜二十六メートルの愛宕山からは北側に江戸城を眺め、東側に西本願寺、浜御殿、江戸湾が望める。いたるところ武家屋敷の瓦屋根だ。

頂上には愛宕神社があって、今日は一年に二日だけの「千日詣《まい》り」の日。この日参拝すると、千日分の御利益があるといわれている。

講談の「寛永三馬術」でお馴染みの「出世の石段」と呼ばれる八十六段の「男坂」をいっきに登ると、江戸庶民たちが大勢たむろしている。正面の社殿の前に大きな茅の輪《ちわ》が出現し、それをくぐると半年分の罪を祓い、半年間の無病息災・延命長寿を祈願する「茅の輪くぐり」がおこなわれている。「ほおずき市」も発祥は愛宕神社で、ほおずきの苗を手にしている者も多い。

この神社、社殿には主祭神「火産霊命《ほむすびのみこと》」をはじめとした神々が祀られていて、もともとは徳川家康の命により江戸の防火のために建てられた。

江戸は世界でも類を見ない火災都市で、この時代に起きた火事は二千件にもおよぶ。中でも明暦の大火（振袖火事）・明和の大火（目黒行人坂の火事）・文化の大火（芝車町火事）は三大大火として有名で、江戸の街をほとんど焼きつくした。新しくは安政二年（一八五五年）死者二万六千を出した大地震の後の出火が記憶に新しい。

火事が多かった原因としては、これほど膨大な人口の都市が世界になかったこと、人口密度の高さ、木造であること、独身男性の長屋暮らし、放火の多さ、季節風の影響等があげられ、火事を喜ぶ心性すらも感じられるのである。

「火事と喧嘩は江戸の華」と言われる所似である。

「『おこわめし』という店で旬の鮎が出ているそうですよ」と平岡が言った。

「『おこわめし』は品の名じゃないのか？」と慶喜。

「いや、店の名前です」

その通りの店があり、赤飯に鮎の塩焼きが売られていた。酒を呑みながら、鮎を食べた。

「鮎は頭から食するのですよ」

「そうかね。骨が喉につかえそうになるのだが」

「目刺しと同じことです」と平岡は何食わぬ顔で食べ続け、「桜田門外以来、和宮様降嫁や島津軍東下で風向きがずいぶん変わってきています。そうお感じになりませんか？　そろそろお殿様にも幕府から何か声がかかってきそうですね」と聞いてきた。

「殿様はやめろ。俺は『ひいさん』だ。……どんな声がかかってくるというのだ？」

「まあ、一橋家の相続は正式に認めるでしょう。他にも何かお役がつきますでしょうな」

「そうかな。どっちみち俺の決めることではない」

「公武合体ともなれば、お殿様の出番は必ず出てくる筈です」

「まあ今日は芝居見物じゃ」

「それですと、いそがなくては……。河原崎座が、いくら夜業をやると言っても『菅原《すがわら》伝授手習鑑《でんじゅてならいかがみ》』は長うございます。早く行って、一日がかりを覚悟しなければなりませぬ」

と平岡は言った。

二人は早々に愛宕山を後にし、駕籠で一度、一橋家の屋敷にもどった。一休みしてから、今度は神田橋の船着き場へ出た。慶喜は朝と同じ着流しで、髷も町人風のままである。

屋根つきの舟に乗り外堀を回る。呉服橋の前を日本橋の方へ曲がり、河岸町や蔵屋敷の間を通る。日本橋から江戸橋の繁華な通りを眺め、湊橋、永久橋と進み、大川へ出る。それからは新大橋、両国橋と大川を進む。名所江戸百景の『両国橋大川ばた』に描かれている風景である。

両国橋を過ぎると大川橋である。浅草寺の境内がすぐそばに見える。

雷門で休憩をとると並木近くに茶屋の賑わいがうかがえる。お多福弁天西宮稲荷の社《やしろ》を過ぎれば、己が因果の地蔵堂、天山池に見上げれば二尊の仁王の佇立しているのが見える。浅草の観世音は古《いにしえ》の推古天皇の時代に海中から出現し、以来千数百年の星霜を経ていると言われる。寺の境内を通って猿若町へ行く。

『猿わか町よるの景』で描かれている風景より少し時刻が早く、色とりどりの大きな幟《のぼり》や看板が掲げられていた。中村座・市村座・森田座の御免櫓《ごめんやぐら》があがっている。

「市村座だな」と慶喜が入ろうとすると、

「その前に芝居茶屋に行かなくてはなりません」と平岡は言って、芝居小屋の近くの店に入った。玄関の土間に草履を脱ぎ、板の間にあがった。小さな部屋に通され、

「ここで桟敷席の木戸札を買ってきますので、用など足しておいてください」と平岡は言った。若い衆が「幕の内弁当」の重を運んできた。それを食べ終えた頃、今度は別の若い衆がやって来て、

「そろそろ四段目が始まります」と案内した。慶喜と平岡はその男に従って茶屋を出、芝居小屋に入った。彼らが入ったのは裏口で、階段があり薄暗い廊下が続き、明かりとりの障子窓があった。

指定された桟敷席からは、無数の提灯で照らされた花道と舞台、それから土間の枡《ます》席にうごめく大勢の者たちの姿が見おろせた。それは江戸のいかなる所とも異なる別世界だった。町人はもとより、さむらい、僧、老人から子供まで、あらゆる人々のうごめきがあった。

突然、太鼓や三味線の演奏が始まり、幕がゆっくりと引かれていった。

芝居の四段目が終わってまた茶屋に戻り、茶などを飲む。

「市川団十郎がご挨拶にやって来るかもしれません」と平岡円四郎が言った。

「そうか。ずいぶんご苦労なことだ」

「芝居はいかがでしたか？」

「こういうのが受けるのだろうな」

「こういうのと申されますと？」

「主君を守るために、家来が自らの子の首を切るという話だ。むごいと思わぬか？」

「それが忠義でありますから」

「忠義であれば何をやってもいいのか？　子自身は何も知らぬ」

「であるからみな泣くのです」

「それで終わるのか」

「一生野辺送りは続くのです。それが運命《さだめ》であります。また、五段目も用意されておりますから」

「またお涙頂戴か」

「もののあはれでございます」

「本居宣長《もとおりのりなが》先生の？」

「そうです。日本人ならではの心映えです」

「水戸学でそう習っている」

「国学の大成者ですから。われわれの滅びの美学にも通じるのです」

「滅びの美学が、日本人ならではの心映えなのか？　私はそうは考えないな」

「滅相もございません。武士道の根本にかかわる問題です。桜の花の散るように潔い死を迎えるのが武士道の根本にあります」と平岡円四郎はため息をついた。

「そういう侍の気負いが、どうも私の性に合わない」と慶喜はさらに言った。

　そこへ若い衆がやって来て、平岡に耳打ちし、謝っている。

「団十郎がご挨拶に来られなくなってしまいました。近くで火事があったようです。慌てる必要はないとのことですが、ここを出た方がよさそうです」と平岡は告げた。

二人が外へ出ると、南側の空が夕焼けのように赤く染まっていて、半鐘がカンカンと打ち鳴らされている音が聞こえた。人の足は赤く染まった空の方へ向かっている。

「蔵屋敷の方だ」という声がする。

「平右衛門町だ」人々の声は続く。

浅草寺をやり過ごして川端に近づくと、揃いの刺子《さしこ》長半纏・火事頭巾を身につけた一団がどどっと追い越していく。背中の印には「を」の字が描かれている。

「火消しです」と平岡が言った。

「『を』の字だから浅草十番組だな」と慶喜が言った。「新門辰五郎《しんもんたつごろう》のところだ」

「御存知なのですか？」

「ああ」

その新門辰五郎を組頭《かしら》に、纏《まとい》、梯子《はしご》、水鉄砲、大団扇《うちわ》、鳶口《とびぐち》、刺叉《さすまた》等を持った人々が続く。

「江戸は町火消しに任されるようになったなあ」と慶喜は詳しそう。

「あっ、『を』組にまかされるようですよ」と平岡が指さす。軒先に掲げられた木札（消《けし》札《ふだ》）が『を』の字になって、その字が大書された纏が屋根に登っていく。

風が吹き、はやい速度で炎が燃え上がっている。

「一番近い所を『を』組がとった」と慶喜が見上げる。

「あっ、あれは女ですよ」と平岡が叫んだ。

燃え盛る炎を浴びながら、近くの屋根で重い纏をふるっているのは、まごうことなく、女の火消し装束である。

「纏をふるっているのは？」と慶喜が新門辰五郎に聞くと、彼は慶喜を認めてから、

「娘のお芳《よし》でございますよ。やりたいと申すもので……」と答えた。

「男まさりだな」と言いながら、慶喜は彼女を見つめていた。

この新門辰五郎の娘、お芳は、のちにはるばる京畿の地まで慶喜につき従うことになる。

四、品川宿

品川宿は江戸日本橋から二里、神奈川（横浜）へ五里の、東海道一番目の宿場である。東海道の名の通り街道は海ぎわを走り、左手には広々と江戸湾が広がっている。この情景が名所江戸百景『高輪うしまち』に描かれていて、高輪を過ぎると品川宿である。

文久二年（一八六二年）、島津久光軍東下の途中で寺田屋事件が起こり、西郷は沖永良部島に流される。帰京する島津軍が生麦事件を起こす。それが秋のことである。

今は枯葉も散りきり、木枯らし吹く十二月の十一日、場所は品川宿に入った所にある土蔵相模。土蔵と言うのは外壁が土蔵のように白い格子壁になっていたためその名で呼ばれた。相模屋という妓楼である。

「お姉さんに酒やお刺身《つくり》を言いつけたけのう。酒盛りの支度を忘れんごと頼うたぜや」と高杉晋作《たかすぎしんさく》は言った。

「同志諸君、御楯隊《おんたてたい》はとうとう決起の時をむかえた」と久坂玄瑞《くさかげんずい》が言う。「われわれ長州勢も、やっとめんもくが立ちますのーた」

「この土蔵相模は、三年前の桜田門外の変で水戸藩が使った所であります。三年前の雪の三月二日、水戸の脱藩浪士たちはここに集まって、井伊直弼の誅殺を誓ったのであります。ここは由緒ある場所だっちゃ」と志道聞多《しじもんた》（井上馨《かおる》）が言う。今日ここには長州藩士が集まっている。

「心配《なやみ》はいらんがのーた」と後に初代内閣総理大臣になる伊藤俊輔《しゅんすけ》（博文）が言う。彼は若い頃、忍《しのび》の訓練をたっぷり受けていた。

伊藤は、伝馬町の牢屋敷で斬首された吉田松陰の遺体を引き取りに行った経験があった。死体は小塚原に置かれた四斗桶に投げ捨ててあった。血だらけの切り離された首と身体は、髪が乱れ一糸もまとわぬ裸体であった。汚れた肉の塊《かたまり》といった酷《むご》さに、彼は涙を流しながら他の松陰門下生らと、死体を水で洗い、襦袢を着せて回向院に葬った。近くには同じく斬首された橋本左内の墓もあった。「惜しい男じゃったちゃ。一を聞いて十を知る、なんでも物事を知っておった」と橋本を回想する。

「身はたとひ　武蔵の野辺に　朽ちぬとも　留め置かまし　大和魂」これが松陰の辞世の

句である。松陰たちの最期とその果たせぬ無念は伊藤らによって長州の高杉らに伝えられていったのである。こうして、カラスが空飛ぶ小塚原の荒涼とした風景は原風景となっている。

「きっと作戦は成功する」と品川弥二郎《しながわやじろう》が言う。

「酒じゃちゅうとるのに」と高杉は言って、「酒じゃ、刺身じゃ」と下に向かって叫んだ。

「あーい、ただ今」という声があって、酒と料理が運ばれてきた。

「お客さん、給仕はどうするね？」と聞かれたが、

「自分たちでやるかい、そう言《ゆ》うてや」と高杉は断った。「旅籠百軒」とうたわれた品川宿には飯盛女《めしもりおんな》が千人以上いる。

ここは二階だから、中庭がよく見えた。女たちが去ってから、

「総勢十二名、今夜はここで泊まりじゃ。出かけるまでのんで過ごしてもええし、それまで眠りたい者は眠ってもええ。とにかく酒と金は充分あるちゃ」と高杉は言った。

「十二人？　名を馳せた桜田門外は何人じゃったろうの？」と伊藤が聞いた。

「水戸藩の脱藩者十七名と薩摩浪士一名じゃった」と志道聞多が答えた。「明け方から雪が降り、寒い一日じゃった。この土蔵相模に泊まって最期の酒盛りをやったということじゃ。水戸藩は桜田門外だけじゃあなえ。東禅寺にイギリス公使館があった頃、水戸藩脱藩

の浪士十四名で公使館に侵入し、館員らを襲っちょる。警備についていた旗本や郡山藩士らが応戦し、屋敷の内外で戦闘し、双方に死傷者を出した。英国の書記官や領事が負傷しちょる」

「一度目の東禅寺事件やね」

「いかにも。それに反して、今年の東禅寺事件は、水戸藩によるものじゃあなえ。警備に当たっていた松本藩士が、公使の寝室を襲い、警備のイギリス水兵二名を殺し、自刃しちょるのじゃ。異人を守るために日本人同士が争うのに疑問をもってのことじゃ」

「それは当たり前でありますがのーた。攘夷はもうほとんど日本の総意じゃし、それに反対する日本人なんておりゃしないちゃ。今のこつ鎖国を旨とする征夷大将軍なら、それは何のためじゃ。自ら辞めるか、それができなえならば、こちらから爆砕してさしあげるしかないちゃ」と久坂玄端が酒をのみながら言う。

「そうじゃ、そうじゃ」とみなが賛成する。

「わしが清国へ行った時、清国人は奴隷じゃった。白人たちの前でぺこぺこぺこぺこするばかりじゃった。東洋人にとって耐えられぬ不愉快な国になっちょった。わしは強く思うた。日本をこげな風にしちゃいかん。日本人を異人の面前で卑屈にさせちゃあいかんち。攘夷じゃ。攘夷の風を強く吹かせにゃあならん」と高杉が激烈な口調でいった。

「為替《かわせ》ん知識が無《の》て金貨は流出する。物の値段は数倍ではきかんじゃったろ。日米条約のせいじゃ。こいでは本当《ほんま》に暮らしちゃいけんちゃ。一揆や打ち壊しの数はここへ来て最高でありますよ」と品川が嘆息する。

「今わしは同士と共に国を作ろうとしちょる。曲がった国が真っ直ぐになるのはいつか判らん。そん苦労は死んでからじっくりと味わおうちゃ。先が短いなら短いなりに、わしは面白う生きたい。派手な花火を打ち上げて、消えていく……。それがわしの生き方だっちゃ」と高杉晋作。

「松下村塾の塾生として、松陰先生の無念をはらしたい」と伊藤俊輔が言った。

異人に甘い幕府に対する不信と、高まっていく士魂は止まるところを知らなかった。

既に子《ね》の刻を回り、十二日になっていた。

土蔵相模と英国公使館のある御殿山とはほど近い。

御殿山は花見の名所だ。徳川吉宗《よしむね》が、珍しく庶民の娯楽施設としてひらいた、上野寛永寺、王子の飛鳥山、向島の隅田川堤、玉川上水の小金井と並ぶ、桜の名所だ。将軍の鷹狩りの場としても知られ、二百年以上に渡って庶民に親しまれていた。

しかしペリー来航以来、幕府は海防強化策として江戸湾に十一の台場を作ることを決め、海底を埋めるため御殿山を切り崩して使った。さらに地元の人々の大反対にもかかわらず、外国人公使館建設計画が進められてきて、英国公使館の完成を目前にひかえていた。現在の品川神社と品川女子学院にはさまれた一万四千坪の土地である。

「火つけ役、切り捨て役、護衛役の数人ずつで出て行けや。土蔵相模へはもう帰って来てはならんじゃろなあ。火事見物は勝手じゃが、つけられていないか気いつけなあかんちゃ」

と高杉が言った。

英国公使館は周囲に深い空堀《からぼり》と高い木柵が設けられてあって、中に入れないようになっていた。

それに対して伊藤俊輔が持ってきたノコギリを取り出すと、皆が歓声をあげた。半時（一時間）をかけて柵二カ所を切って、一人ずつ中へ入った。

暗闇で同士討ちにならないように、羽織の袖に皆白木綿を縫いつけてある。

と一人、いきなり見回りの侍が目の前に現れた。

躊躇することなく高杉が無言で斬り捨てる。投げ出された提灯が足下で燃え出す。とびつくように高杉はそれを踏み消した。

志道聞多は、燃料となる戸と障子を外し、積み上げる時、自分が作った焔硝《えんしょう》の炭団《たどん》を土蔵相模の妓《おんな》の所に忘れてきたのに気づく。仕方なく木の燃料を二倍にし、火をつけようとする。が、なかなか大きくならない。一同離れるが、聞多はまた引き返してやり直し、やっと火が大きくなった。

他の炭団にはうまく火がついたようで、あたりは次第にめらめらと炎で明るくなり、人影が迫ってくる。急いで近くの木柵を乗り越えたが、聞多は深い空堀に転落し、泥まみれになる。

しかしそのまま何食わぬ顔をして、火事で大騒ぎになっている引手茶屋の「武蔵屋」に逃げ込み、客を装って「土蔵相模」へ駕籠で向かった。

「土蔵相模」では真っすぐ、馴染みの女郎お里のところへ行く。当時、女郎は彼らには実名を使っていた。聞多はわざと落ち着いた様子で、

「いたずらでここに炭団を隠したんじゃけんど、知らんかのう？」と聞く。お里は見つけた炭団がただの炭団ではないことに気がついていたし、彼が焼き討ちの犯人だと確信していた。しかし通報する気はない。見つけた焔硝の炭団は海に捨てていた。

「命がけの大事をするのに肝心の道具を忘れるなんて、先が思いやられるわ」と一喝され、聞多は恥ずかしくてしかたがなかった。

伊藤俊輔は犯行後そのまま日比谷の上屋敷に戻った。

その頃、高杉晋作と久坂玄瑞は芝浦の「海月楼」の二階で御殿山の火事を見ながら盃《さかずき》を

かわしていた。火事場はごった返している。

「これによりやっと長州男児の意気ごみを示せましたのう」と久坂が言うと、高杉は、三味線を手にして、窓辺で女を抱き、

「三千世界の鴉《からす》を殺し、ぬしと朝寝をしてみたい……」と都々逸《どどいつ》を歌った。

五、慶喜の上洛

御殿山の英国公使館が長州藩士によって焼き討ちされた翌月、文久三年（一八六三年）正月、数十の騎馬隊と百挺の鉄砲隊を従え、徳川慶喜は陸路で入京した。

それは将軍後見職をまっとうするためであり、その慶喜の将軍後見職への就任と松平春嶽の政事総裁職就任は、薩摩の島津久光軍をともなって江戸へ乗りこんできた勅使の「勅命」であった。

幕府内には勅使に対する反感は強かった。大奥・旗本を含めて、幕府支配下にある多くの者たちが、勅使と称する公家に対してあからさまな反感を抱いた。薩摩の兵力を前にしても、田舎者が何をする気だという気持ちに満ち満ちていた。「一橋派」に対する不信もあった。しかし井伊大老暗殺以来、日本の行方が大きく変わってきているのにも気がつかざるを得ないのだった。少なくとも安政の大獄の時代がもう続くはずはなかった。

当初、慶喜、春嶽は勅命で与えられた仕事を辞退する姿勢を見せた。薩摩や公家の、幕府に対する態度が彼らの予測を越えて無礼で高圧的だったことにもよる。しかし京都の様子が江戸とはずいぶんかけ離れていることも想像できた。

島津軍は帰路、英国人数名を切り捨てるという生麦事件を起こしている。彼らの傍若無人ぶりは目にあまって見えた。

確かに文久二年は歴史が激しく動いた年であったのは間違いない。

長州藩では公武合体派（穏健派）の長井雅楽《うた》の策が退けられ、彼は免職となった。土佐藩では藩政を動かしていた佐幕派の吉田東洋《とうよう》が暗殺された。こうして「尊皇攘夷」を叫ぶ過激派が徐々に力を増してきているように見える。京都の街では「天誅」と称する暗殺が頻発し、彼らが豪語するように、十日に一度は世間を震え上がらせるような大事件が続けて起きた。朝廷の「学習院」では、長州を中心とする過激派浪士らが影響力を増し、政治を動かそうと策動していた。当時「佐幕の奸物」と彼らから名指しに非難された元来は「公武合体派」の岩倉具視《いわくらともみ》は、逆に天皇から蟄居・剃髪を命じられ、岩倉村に閉居し、回りをとり囲む刺客たちの姿にひどくおびえ続ける日々を送っていた。

自分自身も尊皇であると信じている慶喜にとって、天皇の命令という事実はいかにも大きく、結局将軍後見職を受けざるを得ず、将軍家茂が天皇に挨拶するに先だって、慶喜が上洛することにあいなったのである。

一月五日に京都東本願寺へ入った慶喜は、八日にまず近衛関白の屋敷を訪れ、続いて議奏・伝奏の屋敷を次々に訪問してまわって入京の礼をおこなった。洋式軍装の後見職が洋式の銃隊を引き連れて、アラビア馬を疾駆させる有り様を見るにつけ、京都の人々はいちように驚きの声を上げ、時代の変転を感じた。

十日には小御所に参内し、天皇に天杯をいただいた。

京都の政争の嵐は止まず、鷹司政通《たかつかさまさみち》なぞも「日本人には大和魂があるから外国に負けることはない」とか「夷狄の要求に従うのは神州の恥」とか「お主も烈公（斉昭）の御子であるから、必ず攘夷はなされような」などとしつこく慶喜に確認してくる有り様であった。外国の連合艦隊と戦って勝利はあり得ず、そうなれば日本の運命がどうなるかを事実をもとに考えることなぞしようとしない。朝廷にとって、攘夷は悪い鬼を退治するごとく自明であり、具体的な日程に上っているのは「攘夷破約鎖港、その期限の決定」これであった。

十八歳の将軍・家茂が三千人の大行列で二条城に入ったのは三月四日朝だった。慶喜・春嶽・在京の諸大名たちは大手前で出迎えた。

七日には天皇を小御所に訪れ、勅語をたまわった。御沙汰書は、これまで通り、徳川家が征夷大将軍の地位にあり、諸藩へ直接命令できることを認めるものであったが、同時に、徳川将軍を、外国に対して直接宣戦布告させる戦争遂行の指揮官としてまつりあげる内容でもあった。

しかし尊攘派の浪士たちはこれでは飽き足らず、大坂湾に集結しつつある外国艦隊の即時打ち払いを要求して止まず、公武合体派を「因循《いんじゅん》で、国家の大計を誤る者」として糾弾した。

「今、外国との戦争なぞ考えられない」と主張していた松平春嶽は、政治総裁職の辞表を再び提出し越前に帰国してしまった。高知の山内容堂《やまのうちようどう》に続き、薩摩の島津久光も、生麦事件の談判が紛糾したので帰国した。

将軍を補佐する者は、慶喜や老中ら、わずかの者たちになってしまった。

そんなときに行われたのが、将軍を従えての加茂上下社への攘夷祈願行幸で、尊攘派の志士たちによる「倒幕親征」への地ならしであった。この日、三月十一日は雨が降った。二百余年ぶりだと言われる天皇行幸は、天皇が鳳輦《ほうれん》に乗り、御輿に乗った関白・大臣以下、公家・幕閣・諸大名らの大行列だったが、これまで将軍様をうやまいおそれる気もちしか持っていなかった京の街の人々に、「天皇親政」という新しい形象を鮮やかに与えることになった。後衛にまわされた将軍以下馬上の侍たちは、塗り傘こそかぶっているが、雨滴が頬にこぼれ落ち、陣羽織がぐっしょりと濡れそぼち、散々な様だった。

将軍が前を通る時、群衆の中から高杉晋作が、

「よお、征夷大将軍！」とからかうようなふざけた声を上げた。

早く江戸へ帰りたいという家茂の要求は到底かなえられず、それればかりか今度は四月十一日「天皇御親征攘夷」を祈願する石清水《いわしみず》八幡宮行幸が再び決定された。治安がままならぬ京の街を、将軍自身が一番危ういというのに、将軍家の力で警護に当たれという。家茂は前夜亥の刻（午後十時）に、風邪発熱のため供奉を辞する旨を言上した。天皇はこの行幸をぜひにと切望しているわけではないので、延期の思し召しを示したが、その意向すら粗略に扱われる政治状況だった。

いつも通り攘夷派公家たちに押し切られ、明六ツ（午前六時）堺町御門を出発して、総勢一万人を越える隊列で、男山（石清水）へ向かうこととなった。慶喜は八幡まで一緒だったが山麓の寺院に入り、風邪を引いたと言って寝こんでしまった。尊攘派は仮病と非難したが、結局、節刀授与の計画は画餅に帰することとなった。

帰るとすぐ、三条大橋に落書が上がった。

「徳川家茂は上洛の後、表は勅命遵奉《じゅんぽう》の姿を装っているけれども、ことを曖昧にし因循にやり過ごし言語道断の不届きにいたっているので、誅戮《ちゅうりく》を加えるべきはずである。しかし将軍はまだ若年にして、諸事は奸吏《かんり》の胸中より出でてくるという事情が聞こえてくるので、格別寛大の沙汰をもって宥免《ゆうめん》する。すみやかに姦徒の罪状を糾明して厳しい罰を与えるべきである。もし遅延せば、旬日の間にことごとく天誅を加えるであろう」とある。

勅命に従って攘夷決行期限を決めなければならなくなってきた。

慶喜は五月十日に実行する旨を奉答し、即日諸大名に布告した。自分自身は陸路を使ってわざとゆっくり江戸に向かった。

筋が通らぬことはない。京のことは将軍に任せ、彼は攘夷の指揮をとりに江戸へ向かうということになる。ただ、途中神奈川宿で、英国が要求してきている生麦事件の巨額の賠償金を神奈川奉行に支払わせた。このちぐはぐさは驚くべきことに違いなかった。

その夜、近習数騎を従え一鞭疾駆で江戸へ戻った。

登城すると、黒書院に重職をすべて集め、東帰の趣旨を言い、攘夷決行を何事でもないかのごとく静かに告げた。

幕臣たちが納得するわけがない。彼らは国際法や西洋各国の事情などをすでに知っている。慶喜の持ち帰った提案がいかに馬鹿げたものであるのかは、慶喜自身が知っている。

みなが唖然と見守る中、かれはさっさと退出してしまった。

それから二日後、慶喜は後見職の辞表を提出した。

「このたび攘夷の聖旨を奉じて東帰しましたのは、まったく勝算あっての故ではありません。綸言汗《りんげん》のごとしであり、幕意もまた背きがたいものでありまして、ただ関東有司と討ち死にの志にて帰府しましたが、老中以下大小の有司一人も同心してくれる者がいませんで、皆の心は服しません、勅旨を貫徹できるような有り様ではございません。私は、関東有司の情実が判らず、短才無知の身をもって、みだりに重大なる攘夷の命を奉じましたこと、天朝に対したてまつりてはまことに恐懼にたえません。幕府にもまたあいすまぬことをしましたので、つつしんで罪を闕下《けっか》にまちたてまつります」とあった。

尊攘派はこの知らせを聞いて憤慨し、

「幕府は皆国賊である。神罰はまぬがれない」と呪った。

結局、将軍家茂は朝廷から帰府を許され、退京して、大坂城を経て海路をとり、江戸城に帰着した。

しかし攘夷決行の五月十日、長州藩は米国商船を馬関海峡で砲撃し、続いてフランス軍艦、オランダ軍艦も彼らに砲撃された。二隻は応戦せずに逃げ帰ったのだが、やがて米艦・仏艦が海峡に襲来し、米仏陸戦隊約百五十人が上陸して長州の基地を破壊した。

薩摩では七月になって、イギリス艦隊七隻が錦江湾内に侵入して、生麦事件についての謝罪と賠償金を要求した。それが決裂し、薩摩藩の十カ所の砲台から八十六門の大砲が火をふき、薩英戦争が始まった。イギリス軍艦は一隻の大破・二隻の中破があったが、アームストロング砲や火煎《かせん》で、砲台や武家屋敷、民家、寺院など五百余戸が破壊され焼失した。

薩摩は六万三百両の賠償金を払い、講和したが、この経緯の中で、兵器の売りつけ先をさがしていたイギリスと何よりも強い兵器を求めていた薩摩は、お互いに信用できる相手であると劇的に理解し、両者は急速に強く結ばれることとなる。

こうして地方ではそれぞれが独自の動きを始めていたが、京の町では無政府ぶりがさらに進み、長州藩を中心とする尊攘派の動きが力を増していた。

八月十三日、にわかに勅《みことのり》が発せられた。「このたび攘夷祈願のため大和に行幸あらせられ、神武帝の山陵、春日神社等御拝のため、しばらく御逗留して親征の軍議を催され、そのうえ神宮に行幸がある」とあった。

「天皇親征」という「天皇を頭にいだいての戦争指揮」につながる大和行幸は、これまでの行幸とは違って、天皇のあり方を根本的に変えることであったし、有無を言わさず大和に引き出すことによって、長州が天皇を囲い込むことにつながる。行幸の間に御所を焼き払い、天皇を長州に迎えるつもりなのだという噂もとんだ。

孝明《こうめい》天皇はこれを見て驚き、矯勅《きょうちょく》（偽の勅書）であるとし、秘密裡に対処することになる。

八月十八日の政変である。

前夜から天皇派公家と会津・薩摩両藩の兵が参内し、禁裏を囲む九つの門を閉じてしまった。「宮・堂上たりとも、詔命《しょうめい》のない者は参朝を許さず」として、「このころ議奏ならびに国事係の輩《やから》は、長州が主張する暴論に従い、天皇の御意志ではないことを御沙汰のように表現することが多くなっている。中にも親征行幸のことにいたっては、矯《いつわ》りて天皇のお考えであるかのごとくに挙行したことは、逆鱗にふれるものがある。よって、長藩が堺町門警護することを解除する」との勅を伝えた。

にらみ合いは夕方まで続いたが、長州派公家たちは長州藩士らとともに妙法院へ集まることとなった。協議した結果、結局一度、長州に退いて再起を図ることに決まった（七卿西走）。

政変後、島津久光が上京。従兵は一万五千と言われ、その威勢は京都に重きをなした。さらに朝廷は慶喜の辞表を認めていないので、彼と将軍に上洛の勅命がくだされた。

慶喜はいつもの東本願寺ではなく、若州小浜藩邸、通称若狭屋敷に本拠を置いた。今度の上洛には火消しとして新門辰五郎とその配下数十人を引き連れている。娘のお芳も慶喜の側女《そばめ》として連れてきていた。

一橋門内にある屋敷の他にはまとまった領地を持たず、徳川宗家の一つとしてみられていた一橋家には大量の軍勢はおらず、水戸家から人を調達してきていた。その水戸家も尊皇攘夷をめぐるごたごたで、お互い不信があった。それで慶喜は、彼の周りでは常にそうだったが、権謀術数が渦巻いている侍社会よりも、馴染みのない町人社会のほうが気が置けなかった。新門辰五郎とその配下は、かゆいところに手が届くような存在だった。そもそも彼は武家社会を好きになれなかった。彼が育ってきたのはずっと武家の世界そのものであったが、限られた所与の信念を絶対的に信奉し、建前をつらつら並べているだけの者たちの顔はとっくに見飽きていた。彼の持つ融通無碍な世界観は、何も知らないはずの町人たちにこそ容易に理解されていくような実感があった。

きっぷの良いお芳は、町人言葉のままであったが、慶喜には無くてはならない存在となった。彼女といると、それだけで多くの民とつながっているような安心感があった。

こうして政治は、徳川慶喜・松平容保《かたもり》・松平春嶽・山内容堂・島津久光らの参与によって動かされることとなった。長州閥を排除して彼らの完全なる天下が約束されているかに見えた。

大名たちの多くは西洋風の武器に目をつけていたが、世の中の攘夷を望む声は未だ大きく、天皇もまたその一人だった。「無謀の攘夷は実に朕《ちん》が好むところにあらず」とはするものの、孝明天皇の攘夷の心は変わらなかった。こうした朝廷の気持ちと、幕閣がこれまでやって来た外交交渉術で、表向き攘夷を掲げていても政治はやっていけると慶喜は考えた。

幼い頃から彼を育んできた水戸学の影響もあり、万代不易《ばんだいふえき》、天壌無窮《てんじょうむきゅう》のこの国のあり方は守り続けなくてはならない、天皇は太陽のごとく輝き続けなくてはならない、と考えていた。

開国を叫び続けた松平春嶽とはその点で違っていた。春嶽にとって、そのようなことは大した問題ではなく思われていたのだった。彼は真っ直ぐ開国へ突き進もうとする。

一方、今や最大勢力となった薩摩藩。その島津久光と慶喜とでは、その出自が頭の先から爪の先まで違っていた。久光は藩主の実父でしかない。血筋も育った環境も違っていた。生まれつき日本の最上部にいる慶喜には、日本の片隅で時をうかがって中央を狙う者たちの心持ちは決してわからなかった。

慶喜の殿様育ちは、意見の違う独立居士たちを一つの方向にまとめ上げる交渉力を充分に育て上げなかった。希世の才人として早くから世に知れ渡っており、自分の意見を圧《お》して、相手を立てるという術《すべ》は誰からも教わってこなかった。

長州派追放の後、宮廷内で側近第一号にのしあがってきている中川宮朝彦《あさひこ》親王の屋敷に島津久光や松平春嶽らを引き連れてのりこみ、酒宴にまかせて、

「ここにいる者たちは天下の大愚物、天下の大奸物でござる。どうして宮は御信用遊ばされるか。台所の財政をこの者たちにお任せなさっているので、余儀なく御追従されているのでしょうが、明日からはこの慶喜にお任せください、天下の後見職を、大愚物同様に見てはなりません。これらの者のたわけた説を御信用あそばされたればこそ、今日の誤りを招いているのです。以来この愚物どもの説を信じることなく、この慶喜を信じてくださるよう御願いいたす」と吐き出すように言ってしまった。

この言葉をもって、参与会議は三カ月ももたずに、とうとう喧嘩別れするにいたった。これは慶喜にとっても大きな失点となった。

六、来日したロッシュ

レオン・ロッシュが、江戸駐在総領事兼代理公使として赴任したのは、一八六四年四月二十七日のことである。濃い髭を蓄え、胸を張った大礼服姿のロッシュは、いかにも威風堂々として、周りを圧倒する空気がただよっていた。「ジロンド党の女王」ジャンヌ・マリの孫で、アフリカ大陸のアルジェ、チュニジアで独特の外交力を発揮し、ナポレオン三世の自由帝政によって評価され、今度は江戸に派遣されたのである。

そのロッシュが選んだ日本通の通弁官がメルメ・カション。前年、箱館での大病院建設計画が挫折し、身辺に危険が及んでいたが、家庭の事情という理由づけで、パリ外国宣教会本部に正式に離籍届を出した。宣教師ではなくなってしまったが、稀代の日本通ということで、ロッシュから公使館に雇われていたのだった。

カションは日本が好きだった。自然の多様性、人々の繊細さ、文化の純粋性、人間関係の複雑さ……。彼らはお互いを愛し、尊重し合っている。或いは畏怖し合っているのかもしれないが。しかしいずれにしても、そんな所での布教の難しさを悟らなければならない。ジェズイット派は専制的なことでも知られていた。こんな日本で、その頭上に無謬で絶対的な権威を抱く必要が果たしてあるのだろうか。それは迷惑なことではあるまいか。神の存在が迷惑？　そんな疑問さえ浮かんでくるのだった。

実はこの間カションにとって、仕事が変わったことだけでなく、大きく変化した環境がある。ジェズイット派の神父ということで、これまで無縁であった結婚。それが本当のこととして現実化した。

彼の肉体の中に異性を求める心が無かったわけではない。むしろ、ひとにも増して強かったかもしれない。動物的な欲望はある。しかし世話好きなサムライ達の斡旋が無かったら、彼の結婚は無かったかもしれない。

お梶という伴侶を得たこと、これは大きな生活の変化だった。

結婚ということではないと、サムライ達は言う。妻でも妾でも或いは女中であってもよいと言う。しかし彼にとって妻か妾か女中かというその違いは大きなことであった。それだけで断頭台がちらつくような種類の問題であった。こだわり続けねばならないと思った。

しかし結婚とは何だろう？

日本人の誰もが一番に気にする血筋は、先ず問題外である。血筋を気にしたら、外国人とは結婚できなくなる。

では金か？　女にとってはそれが大きいだろう。お梶にしても、そうだろう。あまり豊かではない料亭の娘であるお梶にとって結婚は生計《たつき》の一つだったかもしれない。恋愛結婚などほんの僅かな例外でしかなく、女の働き口なぞ限られている世にあって、結婚はまず暮らしの問題であった。どうやって食べていけるかということなのだ。金の問題は大きい。カションにしても、結婚は暮らしの問題ではある。しかし、彼の場合は金の問題ではあり得なかった。お梶によって得る金は無い。

獣性がそれを求めるのではない。もっと人間として必要なものでなくてはならない。同じ人間としての共感がなくてはならない。平等な個人が、お互いをかけがえの無いものとして欲するのだ。一緒に人生を送っていく伴侶として求めるのだ。そういうものとして考えられていた。その考えが今の世の中とどんなにかけ離れていようと、そうあるべきものとして結婚はあった。庶民の世界では、金も何も持たない二人が一生を共にするのは普通のことではないか。フランスにおいてもそういう夫婦は少なからずいる。

だから彼は一夫一婦の結婚にこだわった。お梶との関係もそうであるべきだと考えた。

お梶がどう考えていようがいい。それは今や主に自分の側の問題だった。自分がどういう気持ちで女を求めるのか。そういう問題だった。

外国人居留地に建ててもらった屋敷で、初めてお梶の姿を見た時には、何ということだと彼は驚いた。今まで見たことのないような実体があった。小さな身体でてきぱき動く女の存在が信じられなかった。言いつけられていたのだろう、炊事・洗濯その他気がつい瑣事を彼女は何でもやった。

興味深いものを見る目つきでそれを眺めながら、彼は次第に言葉をかけるようになった。彼は日本のことが学びたいのだ。彼女には日本を体現する多くが備わっていた。出してくれる食事は基本的にすべて受け入れた。日本の暮らしぶりが心地よかった。だから、お梶が持ちこむ暮らしは全て諒《りょう》とした。幸い彼は日本語ができた。それでも一番多く使われたのが、

「大丈夫?」

「大丈夫!」という会話だった。

しかし大丈夫でなかったのは、夜の行為だった。一目見た時から、結婚と決めていた彼だが、初めてのことなので、なかなかうまくいかなかった。お梶も初めてなので、色々協力はしてみるものの、リードまではできなかった。完全な結合までに時間がかかった。そ

れでもそこにいたる経過の中で、彼らの夫婦としての絆はできていった。お梶との出会いはカションの人生で大きな転機となった。

しかし運命を変える、人との出会いはそれだけではない。彼は箱館時代の親友、栗本鋤雲と再会したのである。

長く伸びる袖ケ浦の海岸線に沿って広がる美しい田圃にちなんでつけられた三田（美田）の名前。そこにあるフランス公使館（済海寺）で開かれた外交折衝で、小栗忠順《ただまさ》らに混じって懐かしい栗本鋤雲の顔があった。元々は医者だったのだが、江戸で禁令に触れたかどで箱館に飛ばされてきた。そこでカションと出会い、お互いにフランス語と日本語の交換教授をやりあった。一緒に仏英和の対訳辞書を作った。栗本の関心の高さはそれだけには止まらず、医学・地政学・林業・海運・牧畜等々、様々な方面に実績を残した。心から尊敬できる人だった。その彼が、今、昌平坂学問所の頭取になっていて、外国奉行にもなっているという。懐かしくて、

「お久しぶり！」と声をかけた。

「懐かしいなあ！」と相手も手を出してきた。旧交を温めるというが、二人の場合、それ以上だった。お互いの人生を変えるほどの関係を持っていた。手を取りあって懐かしんだ。

「知り合いか？」とロッシュ公使が割りこんできた。カションが箱館時代のことを説明す

ると、

「ああ、それで君の日本語が上手なんだね！　カションの日本語能力はあなたのお陰ですよ。私もすっかり彼に頼っているよ」とロッシュは言った。

その日の会議の議題は勅令にある「横浜鎖港問題」であったが、議題を出した小栗忠順をはじめとして、そこにいる誰一人として真剣にこれに向かい合いたい者はいなかった。横浜の現状を見てみれば、それがいかに現実離れしているかは一目瞭然だった。どれほど多くの外国人がいて、たくさんの物量が流れていることか。

「横浜鎖港」は朝廷がそれを主張して、はやりの「尊皇攘夷」思想が言わせているだけのことだった。ロッシュ、カションはもとより、小栗、栗本も現実の問題にする気はなかった。

「ところで、幕府のあの船の修理は、いかがでしたか？」とロッシュは話をかえた。

「翔鶴丸《しょうかくまる》のことですな。いや、完璧でした。船底まで拝見いたしましたが、故障箇所をはじめその他の部分もとても綺麗にしていただいて、二カ月ほどで工事はすみました。手際の良さに舌を巻いております」と小栗は答えた。

「ちょうど提督船が横浜に来ていて良かった。あれを直したのはあの艦隊の技術士官たちですから」

「あの者たちをしばらく貸していただけませんか？　われわれは艦艇修理用の母機《マザーマシーン》の古いものを持っているのです。それを見ていただいて、できれば自分たちで艦艇をつくりたいのです」と小栗は恐る恐る言った。昔、佐賀藩が購入し、そのままになって幕府に引き渡された古い蒸気圧ハンマーのことである。

「ほう、なるほど！　いずれ日本も自分たちで艦艇を作れるようにならなくてはなりません。良いところに目をつけましたな」

「あの工人達を貸していただけますか？」

「あれは提督船団の将校達です。艦艇を造るとなるともっと別の人たちが必要になるでしょう。船渠《ドック》会社も必要でしょうな」

「船渠《ドック》ですか？」

「そうです。そのくらいは持つべきです。しかもそれを定着させるためには是非フランス語の学校を開かねばなりません。海軍もそうですが、三兵（歩兵・騎兵・砲兵）が強くならなければなりません。フランス語学校は、そのためのものともなりましょう。教官としてフランスの軍事顧問団を呼ぶことも出来ます」とロッシュは胸を張った。「このカション君なら、その充分な力になるでしょう」

「フランス語を教えることぐらいなら、できると思いますよ」とカションも少し謙遜を入れて請け合った。

「ほらね！　艦艇造りのスタッフについては私にまかせてください。きっと素晴らしいメンバーがそろいますよ」とロッシュは乗り気充分だ。

「船渠ともなると、それこそ莫大な金がかかるのじゃありませんか？」と勘定奉行の小栗は心配顔で聞いた。

「二五〇万ドル。フランスが融資しますよ」

「見返りは何を要求されます」

「生糸です。生糸の独占販売です」

「ほう！」

「フランスは日本の生糸生産をとても高く評価しています。両国でカンパニーを作って堂々とやれば、独占販売が可能となります」

「色々智恵をお持ちのようだ」

「それよりも、私もカションも日本が大好きなんですよ。日本を東洋のフランスにしたいと思っています。勤勉な日本人には大変な才能がある。私たちは心から応援をしたいと考えております」とロッシュ公使の言葉には外交とは言え、真実味があった。

七、禁門の変

元治元年（一八六四年）七月十八日、若狭屋敷。蚊遣り火の香りが残っている蚊帳《かや》の中で慶喜が寝転がっている。庭園に面している杉戸は開け放され、時折涼しい風が入った。かたわらのお芳は団扇《うちわ》で彼を扇ぎながら、

「長藩は攻め込んでくるのでしょうか？」と聞いた。

「今夜あたり来るかもしれない」と慶喜は平静な表情で答えた。長州藩士たちは続々と京都周辺に集まって来ており、禁裏突入の機をうかがっているとしか考えられない情況だった。

　お芳の存在はなまめかしく、まるで生命そのものがそこにいるように感じられた。それは慶喜を取り巻く、ぴんと張った糸のように緊張して殺風景でもある世界とは異質のもの

だった。

　元治になって春から暗殺事件が多発していたが、六月五日三条小橋の池田屋事件がさらにそれに火をつけた。新撰組らが長州藩士らを急襲して、七名を殺害、二十三名を捕らえたのだった。長州藩士らは祇園祭に乗じ、御所などに放火、襲撃する企てを持っていたという。今回の長州藩の大挙上京は「池田屋での狼藉者穿鑿《せんさく》のため」とされていた。

　将軍後見職の辞任は認められたが、今度は禁裏御守衛総督に任ぜられた慶喜は、天皇の勅「去年八月十八日の一挙は全く朕が意思より出たのである。長州人の入京は決して認めてはならない」に基づいて、彼らに退去を命じ、四回にわたって説諭に努めたが、その効果は全くみられなかった。

　とうとう今日「本日中に引き払わなくてはならない。もしこれを拒むならば、追討命令を出す」との朝命を伝えたが、何やら出陣の準備を整えるのみだった。慶喜は戦闘が避けられないことを感じていた。

「平岡円四郎様の暗殺も長藩が？」とお芳は聞いた。若狭屋敷に年中顔を出していた平岡円四郎が六月十六日に路頭で斬り殺された。下手人はわかっている。長州藩ではなく水戸の攘夷派だ。もともと平岡が属していた一派が、長州藩の動きと呼応して天狗党を立ち上げ、筑波に挙兵した。その動きの中で平岡は裏切り者とされて斬られた。

「円四郎は私の身がわりになって殺された」と慶喜はぽつりと言った。優れた人間であったが、その立場だけによって命をなくす。世の中の危うさに、つくづくため息をつくのだった。「お前も心配か?」

「幕長の戦いは街中の話の種になっておりますから」

「考えられる襲撃に対しては、万端の対策を構じている」と慶喜は言い切った。

九門警備の担当も決めた。中立売門《なかだちうりもん》は築前藩、蛤門は会津藩、清和院門は加州藩、下立売門は仙台藩、乾門は薩州藩、堺町門は越前藩、寺町門は肥後藩、石薬師門は阿波藩、今出川門は久留米藩を当てた。宮門守護は南門(建礼門)前が水戸藩、公家門(宜秋門)前は会津藩、台所門前は桑名藩、日の出門(建春門)前は尾州藩、朔平門前は彦根藩を当てである。

「お前も支度はできているか?」と慶喜はお芳に聞く。何の支度をさしているのかよくわからなかったが、

「はい」とうなずいた。自らが死ぬことを含めて、いかなる支度もできていると思っていた。

慶喜は、薄衣をまとったお芳の白い肉体を眺めた。そして、これが最後にならなければいいがと思いつつ彼女を抱いた。

丑三つ（午前二時半）を過ぎた頃、

「殿様！」と杉戸の外から声がかかった。

原市之進である。平岡円四郎と同様に水戸藩きっての俊才であり、平岡亡き後、慶喜の側用人に任ぜられていた。

「長兵が押しよせてきた模様です。篝火《かがりび》が多く見えます。いかがいたしましょうか？」

「『すぐに出兵せよ』と馬を馳せて触れ回れ！」と跳ね起き、「支度じゃ、何をするかわかっておるの」とお芳に言った。

「お召し物は何を？」

「衣冠じゃ」

お芳は素早く衣冠を用意した。さすが火消しなみの速さだった。

「心配するな。大丈夫だ」とお芳の顔に言ってから、乗切《のっきり》参内した。従う者はわずかに四騎だった。

途中、長藩の藩士数名とすれ違ったが、彼を公家だと思ったのか、気がつかなかった。

中立売門で馬を降り、直ぐに参内。そこへ早馬が駆けつけてきて、「大垣藩と長州勢とが戦闘を開始した」と報じ、遠くで大小砲の音が響き渡った。

関白が出てきて、青い顔で慶喜を御簾《みす》の前に連れて行った。

「一橋中納言、参内いたしましてござる。長藩が攻めてきたようでござる」と慶喜は言った。天皇が、

「おお、慶喜か！　すみやかに長藩を誅伐《ちゅうばつ》せよ」と答えた。天皇自らが口に出された、まぎれもない勅語であった。

まだ役人たちが集まっていなかったので、近習の者に九門閉鎖を徹底させ、原市之進が集めた一橋家の兵が待機する白川門から、自身は菊亭家に入って、軍装に整えた。

紫裾濃《すそご》の腹巻の上に黒で葵の紋章が入った白地の陣羽織を着て、立烏帽子に紫の鉢巻きをしめ、金の太刀をふるって、愛馬にまたがる。旗を立てた近侍のさむらい数人の後ろに床几《しょうぎ》隊百人、歩兵隊数百人を引き連れ、諸門の防御の状況を見て回った。

「慶喜はここにいる。玉体を守護しているかぎり、暴徒など禁裏に決して入れない。安心して守護につけ！」と檄を飛ばす。

公卿門から蛤門へと向かったが、中立売門の防御が破られ、長州の兵士がここに殺到している。鉄砲隊がしきりに発砲してきて、会津藩はやや押されぎみである。

乾門からかけつけてきた薩摩藩がこれにくわわり応戦。薩摩藩の先頭には三月に沖永良部島から放免され、軍賦役（軍司令官）に任命されていた西郷吉之助の姿があり、

「チェスト！」を叫んで勇猛に戦っていた。巨体を揺り動かしての精力的な動きは、島流

しされていた身の上とはとても思えなかった。

「兵隊の数が足りない」ということなので、慶喜は歩兵隊を与えた。長州藩の兵士が放つ銃丸が礫《つぶて》のように飛んでくる。

愛馬にあたり、負傷した。

慶喜は天皇のことが気になり、台所門をくぐったが、諸藩主が集まり、武器・旗差物が充満し、庭で騒いでいるので、新たに部署を定めて兵を配置させた。

常御殿に参ると、そこには多数の公家に囲まれ、衣冠の上に襷《たすき》をかけた天皇が座っていて、

「狙撃されたという知らせを受けたぞ。どうしたのか?」と声をかけてきた。

「なんでもございません。それよりも陛下のご気分が悪しくないようなので安心いたしました」と言うと、

「気分が良いわけでもない。早く討伐しなさい」と青い顔で言った。

「ではこれにて早速、討伐の指揮をとりにでかけます」と言って退出し、広庭で主君を探している一橋家の従兵をまとめてから、日の出門から出て、堺町門へ向かった。

ここでは長州軍数百名が鷹司邸にたてこもり、越前兵と戦っていた。援助を請われたので、一橋家の砲兵隊をそれに当てた。互いに死傷者の出る激しい戦闘が継続した。

至急参内せよとの内使があり、常御殿へ行くと、庭に板輿《こし》を置いて、襷がけの役人たちが草履にひもをくくり、今にも立ちのきせんばかりの様子である。公家らは口々に、

「様子はどうか？」と尋ねてきた。

「必勝疑いなしにござりまする」と答えると、

「御殿にまで銃丸が飛んで来て、さかんに砲声がとどろいている。こんな恐れ入った事態となっては、和睦《わぼく》して長州父子を上京させてはいかがか？」と主張する。

「禁裏に発砲した賊徒に和睦などとはもっての他でございます」と慶喜は怒ったが、和戦の議論や比叡山お立ちのきの説などを主張する者が後を絶たない。

慶喜はそれらを全部しりぞけたが、この調子では早急に平定するに越したことはないと考え、蛤・堺両門の裏手にある長藩のたてこもる鷹司以下の諸邸に火をつけさせた。おりからの強風に煽られて屋敷などは音をあげて炎上した。

逃れ出ようとする長兵は追撃されたので、多くの死傷者が遺棄され、敵はなだれをうって退却した。首謀者の一人、久坂玄瑞らは自殺した。

昼八つ（午後二時）過ぎ、戦闘は終息した。

戦死者数は、長州側二百六十五人、幕府側は会津藩六十人、薩摩藩八人、彦根藩九人、桑名藩三人、越前藩十五人、淀藩二人の合計九十七人とされている。

乱後、山内容堂は「砲弾が宮闕《きゅうけつ》におよんだのは、開闢《かいびゃく》以来ないことであって、長藩は朝敵の汚名を免れられない」と言い、島津久光は「長賊が本心をあらわし、朝敵の罪状は顕著である」と評した。

八、海軍操練所

丘から海に向かって降りてくる途中、あたりの樹木がすっかり色づいているのがわかった。緑の葉の終わりの時を迎え、いよいよ赤や黄色に色づいている。空気が急速に冬のそれへと変化している。すがすがしい潮風。肺腑の底まで吸いこむ。海の光がきらきらと波にまかせてきらめいている。摂海、大坂の海だ。帆をおろした舟がいくつも見える。その中に大きな幕府船・順道丸の姿もある。それが停泊しているすぐ近くにあるのが、幕府の作った海軍操練所。あの松平春嶽も五千両を出している。「世界に末長く残るように」願って造られたものだが、その存続は風前の灯火だ。

勝海舟は歩きながら行く末を思ったものの、チッと舌打ちすることばかりだ。ここへきての幕府の対応に納得できなかった。池田屋事件・禁門の変の狼藉を起こした中に、この操練所の者が含まれていたという。まるで天地がひっくり返るような大騒ぎだ。それが、なんだと言うのか。だからどうしたと言うのか。そんなことは自分のあずかり知らぬことである。海軍操練所には関係のないことである。操練所の評価は、それ自身の活動に対してやってもらわないと困る。

港の突堤に造られた海軍操練所、その隣の海軍塾。海舟が渾身の情熱を傾けて建設したものだ。

その操練所が今、幕府の不興を買っている。彼が扉を押すと、

「ああ、勝先生！」と迎えてくれたのが坂本龍馬。「ちょうど今、お客さんと軍鶏《しゃも》鍋を食べるところでしたき、一緒にいかがだっちゃ？」

「誰が来ている？」

「横井小楠《しょうなん》先生と、赤松小三郎《こさぶろう》先生。勝先生も知っちょるね」

「おう、珍しい客だな。よおく知っているぞ。赤松小三郎君とは一緒に勉強したことがある」

「長崎の海軍伝習所以来ですね」と赤松小三郎が出てきて懐かしそうに述べた。

「あれから色々あったが、君も大変だったね」と勝が言うと、

「勝先生こそ」と赤松が言葉を返した。

教室の一つに入ると、ふつふつと出汁の煮立つ湯気の上る鍋があった。ガラと玉葱、生姜を煮込み、大根、里芋、椎茸等が入っている。かたわらに軍鶏の若鶏の身と葱が置いてある。

「あっ、勝先生。坂本君がぜひ食べろと言うもんで、食すところだ。あーさんも一緒にやらんか」と横井小楠が言った。

「この若鶏と葱を入れるのだね。食ってみよう」と勝は言って、座り込み、ハシをつけた。

「うーん。これが軍鶏か。ずいぶん身がコリコリして、うまいものだな！」

としばらくそれを味わってから、

「横井先生、暗殺されかけたと聞いているが……」と話を向けた。

「ああ、殺されかけた。ひどいめにあった。なんでも刀で解決しようという風潮がある。困ったものだ。君の義弟もやられたんじゃないか」

「ああ、妹の夫の佐久間象山《しょうざん》。多分犯人は長州藩だ。彼らの中には人を斬るのをなんとも思わない連中がいる。考えてみれば、偉い男だった……。悲憤慷慨しているよ」

「一歩先を進んでいたから、何でも物事をはっきり言う男だった。自分の身に置きかえると心もとなくなるが、殺されて惜しい人物だった」

「私だって、何度も殺されかけている」と勝は言った。

「そうだろうね」

「尊皇攘夷という思想が厄介なんだ。それに腰に刀を二本いつでもぶらさげていられる感性が問題なのだ」

「世間を支配している思想であって、それに合っていれば、何でも許されるという風潮がありますなたー」

「この龍馬君だって、私を斬りに訪ねてきたのだからね」と坂本龍馬を指さすと、

「勝先生のゆうこと聞いとんうちに、世界がこじゃんと違ってきたんちゃ」と坂本は頭をかいた。「当時の俺は、まっこと、馬鹿なこと考えておったやねー」

「相手を知らず、世界を知らず、尊皇攘夷さえ言っておれば通用するなんて、世界はそんなに甘いものではない。そこのところをこんこんと説いた」

「それで俺は海軍操練所に入ろうと思ったわけっちゃ」

「砲艦をもって外交を決しようという米英のやり方を『無道の国』と呼んだわけでありますが、考えてみれば西洋諸国は政教一致だなたー。入れ札で君主を決められる。交易を開けば民も富ませられるんです。下を利するのが富国です。日本の方からむしろ積極外交をとるべきですな」と横井小楠は持論を展開する。

「世界はとてつもなく広い。俺もどしどし海に出て、交易をするべきだと考えたのじゃ。

大きな船を何艘も持って、それを世界の海で操って、外国を相手に商売するのじゃ。故郷は日本じゃき、徳川家やどこどこ藩なぞに気《ぞー》をもむ必要はなか。日本じゃ。日本が一つにまとまって世界を相手にせにゃいかんちゃ。そう考えるようになったぜよ」と龍馬。「ところで、この軍鶏鍋は出汁がうまいちゃ。食べ終わったら、この出汁を飯にかけて食すのじゃ」

「うまいものじゃのう！」と赤松小三郎が口を開いた。「私は初めて食べた」

「初めてと言えば、この赤松先生は、どえらいことを考えておるんじゃきに」と龍馬が目でうながすので、赤松は語り始めた。

「来たるべき社会をどのようにすべきかについて、幕府に建白するつもりでおります。松平春嶽公、島津久光公らにもお送りするつもりです。まずこれをご覧ください」と赤松は書き付けを取り出した。

『口上書』と書かれた書き付けには、要約すれば、

一、天皇と幕府が合体し、諸藩が協力する国体を樹立するための根本は、まず天皇が徳を持つこと、ならびに公平に国事を議し、国中に実行させることができる命令を下し、誰も背くことができない権力を持つ局（議政局）をあらたに設立する。

二、行政府を朝廷と定め、各省大臣及び高官を議政局が選出する。
三、議政局は上局と下局に分かれる。優越する定数百三十人の下局は誰でも被選挙権を持ち、普通選挙で選ばれる。定数三十人の上局は、公家・諸侯・旗本の中から選出される。
四、国事はすべて議政局で審議され、決議される。
五、国是としての人材教育。
六、人民平等、個人としての尊重、職業選択の自由、納税の義務。
七、兵は少なくして、最新兵器を備えて熟練させるのが上策である。

ということなどが書かれていた。これを熟視してから、

「普通選挙！　アメリカでは実施されているが……」と勝海舟が口を開いた。すると赤松小三郎は、

「地球上のどこに持って行っても、恥じることのない憲法を作ろうと思っているのです」

と胸を張った。

「国とは民であり、民が国を領導するという思想だな」と横井が言った。「これを見て殿様たちは何というかなあ」

「とても理解しないだろうね」と勝は言った。「旗本八万騎なんていったって、誰しも食うのに精一杯だからね。そのくせ殿様を頭にいただいた三百年の無為な安楽にひたりきっている。諸大名だって同じことだろう。いつまでも支配を続けたいがために、情実と賄賂がまかり通っている。新しい法だなんて考えもおよばないだろうさ」

「国を変えなくてはならないと思ってはいるものの、まっこと、こじゃんと変える気はないんちゃ」と坂本。

「西洋に追いつくにはこれくらいが必要なんです」と赤松。「自由民権です。今、日本が行き止まりだからこそ、それを突破するためにも、世界の進んだ思想を持ってこなければならないんです」

「それこそが仁政だというんだね」と横井がうなずいた。

九、湘南の旅

横浜外国人居留地の中にある弁天社となりの広い土地にフランス語伝習所がたてられた。外国にある故郷と横浜とを結びつける港に隣接した潮風さわやかな場所にある。二階建ての木造家屋で、教室・講堂・事務室の他に台所や食堂、寄宿舎、役人の部屋等がそろっている。もちろん、生徒も教官もおおぜい集まっている。二百頭の馬が入る厩舎も建設中だ。私（カション）はそこの校長になった。近くの本町通りには、神奈川の慶運寺から移転してきたフランス領事館が三色旗を掲げて建っている。私とお梶の生活の場である屋敷もその敷地内にある。

お梶とは居留地にあるカトリック教会でささやかな結婚式をあげた。参列する者は他にいなかったが、私たちは自分が納得できるような夫婦生活を送ろうと決意したのだった。

二人の会話は主に私のつたない日本語だった。彼女もフランス語を覚えようとしたのだが、なかなか上手くはならなかった。

結婚してあらためて感じられたことは、二つの国に横たわる圧倒的な文化の違いだった。私は不合理なものは排除しつつも、できるだけ日本のやり方に合わせようと努力した。それでもこれまで気にも止めなかった色々なことが現実の問題として浮かび上がってきた。まず第一に、日本では結婚した女は歯をことごとく真っ黒に染め、眉を剃り落としてしまう。一番綺麗な年頃に、まるで化けものに変わるような所業だ。私は断固としてこれを拒否し、させなかった。彼女には美しいままでいてほしい。そして男が厨房《ちゅうぼう》に入るのを許さない雰囲気があったが、自分の好きな西洋料理を食べるためには、これも突破せざるを得なかった。時には私自身が料理の腕をふるった。

他にもどうしても破らざるを得ない日本のしきたりはあまたあったが、私はできるだけ日本のやり方に合わせるようにした。一方積極的に西洋風なやり方も取り入れた。一番日本人の目をひいたのは、お梶が馬に乗ったことだろう。日本では、乗馬できるのは身分の高い者だけである。まして日本の女が馬に乗るなんて思いもつかない。しかし彼女は、女性用の乗馬服を身につけ、伝習所の馬場で練習し、颯爽《さっそう》とそれを乗りこなすにいたった。馬場から領事館内の屋敷まで、馬に乗って往復した。それを見た日本人たちは、「らしゃめんお梶」なぞと呼んで噂した。そんなことは私と結婚する時点で予想できる場面ではあったが。

その頃の横浜は外国人居留区のある出島を擁して、外国人居留区・日本人町・運上所・遊郭に分かれていて、日本の他の土地とはかなり違った風情があった。イギリスのジャーディン・マセソン商会やアメリカのウォルシュ・ホール商会等の石造りの二階建てがずらりとならんではいるが、それでも道は舗装されておらず、乾いた日には白い土煙が舞い、雨の日にはどろどろの泥濘《ぬかるみ》に足をとられた。

外国人の家はペンキが塗られた二階屋で、どこもバルコニーがついていた。日本人の家は木材色をした長屋で、庶民の家はどこもなんらかの店をだしていた。九尺二間の狭い家も多く、見ようと思えば表から生活のいっさいが見られ、プライバシーなぞほとんどなかった。

子どもたちが一団となって楽しげに笑顔で走り回り、男たちは時々褌《ふんどし》一丁で暮らしていた。生活になくてはならない銭湯は、外国人の私には、とてもついて行けない奇妙な場所だった。彼らは、そこではいとも自然に裸を取り入れていた。

しかし日常の生活は、身分が上がるにつれてがんじがらめに、作法やしきたりがからまっていて、外国人にはなかなか手のおよばないところであったが、これもまた私には興味深い研究対象だった。

地球の東端にまで流れてくる各国の外国人たちの生い立ちや経歴は様々であった。ずいぶんいかがわしい者やあやしい者たちも混じっていた。一攫千金を目論む者も多かった。彼らは例外なくそれぞれの領事館や、外国人用に作られたクラブハウスに集って情報を交換した。その誰もが、みんな誰とでも親しくつきあった。そうしないでは生きていけない気になっていた。

しかしいくぶん手前味噌になるが、フランスから来た者たちは、大部分が軍関係者だったこともあり、優秀な人物が多いように感じられた。フランス人たちは、居留区の隣の「お山」（フランス山）と称される高台に基地を造った。人々を睥睨《へいげい》する形となったが、すぐにイギリスもそのまねをして、お山は外国人たち共通の場所となった。青色の軍服を着たフランス兵は軍事訓練を繰り返し、将校たちは伝習所の三兵訓練を引き受けてくれたし、フランス語の授業もおこなってくれた。

要塞となったお山の先端にある出島には本牧《ほんもく》十二天があり、その先にはミシシッピ湾（根岸湾）が広がっていた。その谷はミシシッピ谷と呼ばれて、風光明媚な場所として、外国人男女の人気の場所だった。そこには馥郁たる香をただよわせる森林と、美しく白波を寄せ来る本牧の海岸線があった。

私とお梶とはそこを通って、はるか熱海まで旅行することになった。私がつかえるロッシュ公使に会うためである。彼は持病のリューマチの湯治場《とうじば》として熱海を選び、そこにしばらく滞在していた。これまで極めて良好に展開してきている仏日の外交に滞るところがあってはならなかったので、事態はおおむねうまく進展していたが、ロッシュ公使の情報網を維持するために、私がたびたび伝令に飛んだ。今回の旅行もその一つである。

旅行は、お梶と私、フランスの軍人二人、日本のサムライ二人、それに数人の日本人雑役兼馬子で、おこなった。

私たちはまずお山に入り、尾根伝いに金沢村をめざした。金沢道を能見堂まで進み、入り江になっている、風光明媚で歌に歌われている八景を見る。八景とは、称名寺、洲崎神社、瀬戸神社、平潟湾、野島湾等である。

弧《こ》が二つの瀬戸橋をわたり、海を左に見て真っすぐ南へ行けば横須賀である。そこでは今、造船所建設の大工事がなされている。ヴェルニーという若い将校を先頭にして、多くのフランス人技師と日本人が動員されて、山を崩し、海を埋め立てての工事だった。

しかし私たちは南へ行かず、金沢村の先の六浦を右に曲がって、朝比奈切通へ入った。ここは鎌倉時代に造られた「鎌倉七口」の一つで、鎌倉を囲む岩山を切り開いて出来た街道である。地下水の湧き出るその静かな山道を、私たちは注意深く馬で進んだ。

尾根を越せば鎌倉である。

鎌倉は昔、幕府がおかれた場所で、たくさんの神社仏閣がある。中心にあるのは鶴岡八幡宮で海に向かって石の大鳥居が三基ある。ここから表門にいたる参道を段葛《だんかずら》といい、左右の街を雪ノ下という。玉垣に入れば一之池があって、中に弁財天が安置されている。赤橋を越えて仁王門、廻廊、拝殿、御本社、これを上ノ宮といい、下ノ宮は若宮という。

私たちは神妙にこれらを参拝した。

その後、富士山の見える由比ヶ浜、稲村ヶ崎、七里ヶ浜と相模湾沿いを進むと、海の中に霊山が見える。江ノ島弁財天のある金亀山《きんきさん》である。潮の合間を見はからって歩行《かち》で渡れる。島に渡れば、参詣の足を止めさせる店が左右に軒をならべている。

「いらっしゃい」という仲居の声で、一軒の蕎麦《そば》屋へ入る。私たちの一団はさすがに目を引き、客たちはいっせいに注目して静まりかえった。

「穴子鍋と天麩羅そば」と私は注文し、他の者たちもそれぞれに注文した。店の女は声をかけたものの、実際に入るとは思っていなかったようで、ずいぶん戸惑い、はにかみながら私たちの注文を復唱した。食事中、客たちは私たちに慣れてきたようで、特段の関心は示さなくなった。日本の蕎麦は味が独特で、これがとてもうまいと感じるようになれば、もう日本通だ。

食後、私たちは再び馬に乗り、鵠沼、茅ヶ崎と海岸線を渡り、平塚の手前の馬入《ばにゅう》で東海道に合流した。馬入川（相模川）には橋がかけられず、渡し船を使って渡らなければならなかったが、幸い、馬もろとも乗せられる舟があり、それを使うことができた。

川を渡ってしまうと、お椀《わん》を逆さにしたような形の高麗《こま》山をめざし、松並木が綺麗にならぶ東海道を一路くだった。平塚宿を通り過ぎると、「江戸日本橋から十六里」の一里塚が化粧《けわい》坂にあり、そこを過ぎるとすぐ大磯宿が見えた。そこで一泊することにした。

小島本陣というところへ泊まった。普通の旅籠ではなく幾分身分の高い者が泊まるところのようだった。足を洗ってから、私とお梶が一室、フランスの軍人たちが一室、サムライたちが一室に泊まった。それぞれ仕切りは紙の襖《ふすま》だった。残りの日本人たちは違う場所に宿を見つけたようだ。お膳が運ばれてきて、当たり前だが純粋日本料理の給仕があった。わびさびの庭がとても心を打ち、布団はふわふわだった。

翌朝早く、私たちはおにぎりの弁当を持って出発した。

二宮、国府津《こうづ》と東海道を下り、酒匂《さかわ》川で渡しに乗った。渡しは「歩行《かち》渡し」で、川越人足の肩か蓮台を使う。私もお梶も蓮台に乗れた。

そこを過ぎると小田原で、十一万三千石の大久保氏の城の総石垣と御堀が見えてくる。

しだれ桜で有名な長興山、双子山（箱根）もよく見える。宿場内は意地の悪いサムライたちが跋扈《ばっこ》しているように見えたので、早々に退散し、東海道を左に曲がり、早川から真鶴と相模湾ぞいに再び進んだ。途中で弁当のおにぎりを食べた。海苔が香り高く米がうまかった。

二つの岬に挟まれた、しきりに白い湯気の立っている街が熱海である。

ロッシュ公使は、街の中心の大湯間歇泉《かんけつせん》に通っている。アルジェリアにいた頃に戦闘で負傷したところが痛むのと、持病のリューマチ治療のための湯治である。宿泊しているのは本陣の一碧楼である。

私たちが到着すると、彼は思ったよりもずっと元気で、日本の浴衣《ゆかた》を身につけて迎えてくれた。これから風呂に入るところで、成り行き上、二人で一緒に入ることになった。

風呂は大きな石を組み合わせて造られたものであり、樋を伝って源泉の湯が掛け流しにされていた。

「湯舟で身体を洗うのではない。湯殿で綺麗にしてから浸かるのだ」と言って自ら身体を洗って、ロッシュは大きな身体を湯舟に沈めた。口髭だけでなく身体全体が毛深くて筋骨は隆々としていた。同性ではあるが、裸を見るのは慣れていなかったので少し恥ずかしかった。

「こうして静かに熱い湯舟に横たわるのだ。小鳥のさえずりの混じった風が顔を吹きすぎていくだろう。くつろげるなあ。温泉は日本人が見いだした最良のものの一つだ」とロッシュは眼を細めた。

私とロッシュは国内外の情勢について話した。国際情勢では、ロシア、アメリカ、オランダ、そしてどこよりもイギリスの動向について語り合った。日本の国内情勢とも結びつくが、イギリスのオールコック公使は幕府の反対勢力である薩摩・長州の側に立ちつつある。気をつけるべきだ。薩長への大量の武器供与がその証拠であった。フランスははっきりと幕府寄りである。すでに実権を得つつある徳川慶喜にこのことを理解させなくてはならない。そして薩長に負けない国作りをしっかり進めなければならない。

「私は慶喜公のために『幕政改革の意見書』を今書いているところだ」と言ってロッシュは冊子を見せた。

そこには、従来の区別不分明の行政組織を廃して、陸軍・海軍・会計・外務・内務・司法の六局の行政組織を作れとの主張、さらにはその役割が事細かに記載されていた。「これまで二百六十年の泰平を続けてこられたのは権現様（家康公）の深慮の賜物だ。しかしここに新しい世界が開けたのであるから、権現様の恩沢を忘れずに、新しい進路をとっていかなければならない。慶喜公は優れた人物で、それができるし、私はそのお手伝いをしていきたい」と語った。

　幕政改革についての彼の具体的な意見がとどめなく言葉になったが、それが一段落すると、今度はサン・シモン主義、ナポレオン三世が進めているロマン革命方式について語り出した。

「発展、衛生、秩序、建設……、そういった人類が創出したあらゆる良いものを実際に具体化していく。それが人間らしい本当の革命ではないか」と熱っぽく語った。

十、天狗党の乱と長州征伐

禁門の変で朝敵であることが明らかになった長州藩に対して、朝廷は追討を決議した。幕府は、江戸・京都・大坂・長崎の長州藩邸をすべて没収し、毛利父子に謹慎を命じた。尾張の徳川慶勝を全権委任の総督とし、長州征伐に向けて将軍家茂自身の進発を宣言した。しかしながら、この宣言によって長州藩は屈服するものと高をくくっている幕府は、口とは裏腹に、なかなか将軍を上洛させようとはしない。禁裏御守衛総督慶喜に対する不信もある。

京都で発せられた命令が、江戸で今一度決定しなおされることも多々あった。

長州藩内部にも過激派と穏健派があったが、京都での敗報を聞き、会議の末、恭順謝罪を決定した。しかしその同じ頃、元治元年八月五日、イギリス・オランダ・フランス・アメリカの四国連合艦隊が下関を砲撃した。戦闘は三日間続き、長州藩は和睦せざるを得なくなる。高杉晋作が全権を委任された重臣に扮し、イギリスから帰った井上馨と伊藤俊輔が通訳をして講和した。これ以降、イギリスと長州は関係を良くした。

この一八六四年の夏、水戸家にとってははなはだ頭の痛い事態が進行していた。天狗党の乱である。

そもそも水戸家は、尾張、紀州とともに御三家の一つであるが、将軍位の相続というよりも、天下のご意見番、水戸学を奉じる勤王家として知られていた。「もしも徳川宗家と朝廷の間にいくさが起きたなら躊躇することなく帝を奉ぜよ」という遺訓がある。そして慶喜の実父・徳川斉昭は日本有数の尊皇攘夷論者としてつとに有名だった。

藩には郷校が十余カ所あったが、そのうちいくつかの書生たちが筑波山に集まり、烈公(斉昭)の素志を継承すると称して、日光行きの挙兵をしたことが、天狗党の乱のきっかけである。乱では放火・略奪・殺戮等があり、幕府軍も追討戦に参加、水戸藩内にも色々な派があって、解決が難航した。

慶喜の側用人・平岡円四郎もこの騒動の中で暗殺された。

水戸の那珂湊《なかみなと》での敗戦を経て、残った天狗党兵士約一千名が、慶喜を頼りに京都を目指して西上し始めたのが、この十一月。この出発には、中村半次郎(桐野《きりの》利秋《としあき》)を通じて西郷吉之助の助言もあった。西郷は藤田東湖《とうこ》や武田耕雲斎らと交際があり、敬意を抱いていた。

幕府から平素より疑いをもった目で見られていた慶喜にとってこの事件は厄介な案件であった。

「水戸藩の家老であった武田耕雲斎が総大将に祭りあげられておる。水戸藩だけの問題ではとっくに無くなっている。父の頃より、この水戸藩の内紛は熾烈を極め、どうにも致し方ない」と慶喜はため息をついた。

「武田耕雲斎殿がしっかり手綱を引いていると思われますが」と原市之進が天狗勢を擁護すると、

「徒党を組んだ武装集団が上洛しようとしているということだ。天狗党の狼藉には地元の農民や町人の恨み怒りが激しく、警備追討にあまた蜂起しておる。天狗党が重ねた火付け・強盗の罪は消えない」ときっぱり言い切った。

「確かに禁裏守衛のお務めにとっては見過ごせません。他藩に討ちとられるわけにはまいりません。殿が総大将となって彼らを降伏させなければおさまりがつかないと存じます」と原市之進が述べた。

そこで自ら近江まで出張って追討したいと朝廷に願い出た。それが勅命となって認められ、加賀・桑名・筑前・会津・小田原・大溝各藩のいる大津に到着。大津は、ものものしさに満ちていた。

梅津まで進撃してきて、慶喜が総大将になっていることを知った天狗党は恭順を嘆願し、その降伏文書を受け取ったのが十二月十七日。天狗党は加賀藩に預けられることになり、それを諒として二十三日に慶喜は京都に戻った。

すると加賀藩は天狗党を敦賀の本勝寺・本妙寺・長遠寺の三寺に分置し、すこぶる優遇したが、それも束の間のことで、二十九日、幕府軍に彼らを引き渡した。

幕府軍の若年寄・田沼玄蕃頭《げんばのかみ》は、彼らを鰊《にしん》倉庫に閉じ込め裸にして虐待し、二月四日から二十三日まで、雪の降る敦賀の港で三百五十余人が斬首、二十四人の首を水戸まで運んでさらしものにした。その他の者は追放、流罪。三月には主立った者の妻子を斬首、終身禁固、四月には那珂湊の降伏者四十余人を斬首した。

「これは困った処置でした」と原市之進は眉をひそめた。

「しかしこれを認めなければ、水戸藩自体がつぶれかねない」と慶喜は判断した。過激派のように「水戸藩なぞどうなってもよい」とまではとても考えられなかった。「しかも天狗党は、罪も無い多くの農民・町人の命や財産を奪っている。自分たちの奉じるもののため、世間をまったく顧みようとしない傍若無人を見て見ぬふりはできない」と言った。

「長州は別にしまして、薩摩がどう見るでしょうか？」

「それは判らぬ」

薩摩そして西郷は慶喜のようには考えなかった。同じ志を持つ同志たちを虐待し刑殺する、これこそ獣《けもの》同然の所業に他ならないと捉えた。幕府・慶喜に対する考え方が、この時点で決定的に変わった。

同じ頃、長州征伐にも動きがあった。総督に指名された尾張の徳川慶勝は十一月一日大坂を出発し、本営の置かれた広島に入った。ところが彼は、参謀西郷吉之助の「武力を使わずに恭順させる」という建議を採用し、長州藩との斡旋を命じることとなる。

西郷は二人の武士を引き連れただけで岩国へ入り、広島藩を通じて、蛤御門の変（禁門の変）の責任者である長州藩三家老の自刃《じじん》、それと引き換えに藩主父子への寛大な措置を提案した。

長州藩は激論の末、三家老の首を広島へ送る。広島では西郷の征長軍を解兵する案が採用され、総督は結局戦うことなく撤兵を命じた。

一方、長州では元治元年（一八六四年）十二月十六日、まだ冬の寒さが残る中で、過激派と穏健派とが交戦をはじめ、以降藩内各地で戦闘が続いたが、最終的には高杉晋作ら過激派が勝利する。そしてミニエー銃等西洋式武器を大量に買い始めている。

昔から長州の萩城年賀式に於いては奇妙な問答がなされるしきたりがある。上席家老が進み出て、

「殿様、今年はいかがいたしましょう?」と問う。すると藩主は、

「いや、まだ早いであろう」と答える。徳川を討ち滅ぼす時はいつなのか? まだか? 幕府開闢《かいびゃく》以来、二百六十年も続いてきた正月の儀式である。毛利藩の徳川家に対する恨みの強さを示していて、これが関が原以来、ずっとくりかえされてきた。それが今、またとない機会が訪れてきたと思っているのかもしれない。

倉庫業・金融業・密貿易で、長州藩の手にしている撫育資金(特別会計)は百万両を越えているといわれている。軍用蒸気船等の高価な買い物もできる。旗をあげるチャンスは今しかないのだろう。

幕府の老中らは、尾張慶勝の寛大過ぎる解決の仕方は、朝廷と慶喜に原因があるのではないかと勝手に推測し、大兵をひきいて入京してきた。そして将軍上洛の要請を断り、慶喜の帰府を要求した。水戸の取り締まりに専念させようというのだ。これに対して原市之進は「京都守衛の任務は目下いよいよ緊急切迫の状況である。水戸のことは藩主様がいるので、弟の慶喜様が口出しする問題ではない」としりぞけ、二条関白は「中納言慶喜は将軍に代わって京都を警衛し、摂海を防御する任についている。このことは去年将軍が直奏

したことである。今このようなことをいうのは不届きである」と叱責し、あらためて将軍上洛をうながす勅諚を与えた。

この年は東照宮二百五十回神忌で、四月に日光山で法会が行われた。それと前後して幕府は長州再征と嫌がる将軍家茂の進発の準備を進める。

しかし朝廷から出された布告には、「毛利大膳父子をはじめ御征伐の儀、急速進発くださいます旨おおせだされ候ところ、容易ならざる企《くわだ》てこれある趣に相聞え、さらに悔悟の様子もこれなく、かつ御所より仰せ進められ候趣もこれあり、いずれにしても御征伐さるべく趣旨発令せられ候」とあった。

「容易ならざる企て」の意味が曖昧なので、再征反対の声が各所から相次いで起こった。第一次征長の総督・副将もそろって再征を不可とした。それを断行する大義も資金も無いというのが現状だった。

これに対して長州藩は上から下まで一致して、攻めてくる敵を待って討つ用意を整えつつあった。脱藩浪士坂本龍馬らとイギリス商人の仲立ちで、薩摩と長州の間の秘密協定もひそかに進められていた。

老中らは「第一次長征は兵を進めると、長藩はすぐに三家老の首を斬って降伏してきた。今回は将軍自らが御進発して大坂城まで来ているのだから、ただちに降参するに違いない」

とうそぶいて、あいかわらず無為に時を過ごしていた。

その時、英国公使がハリー・パークスに交代し、彼が軍艦九隻をひきいて兵庫沖へ入ってきた。幕府に対して兵庫開港と条約勅許を要求し、回答が無い場合には京都に行くぞという脅しである。これ以前にパークスは薩摩を訪問しており、その際、西郷吉之助にアーネスト・サトウを通じて、兵庫開港問題で幕府を追及するよう求められていたのも効いていた。

老中と将軍家茂は、慌てて兵庫開港を幕議決定した。その旨を手紙にしたため、使いを京都に走らせ慶喜に下坂するよう告げた。慶喜はその夜馬を飛ばし続け、夜が明ける頃に大坂に着いた。慶喜は、

「いかに切迫しているからと言って、勅許を得ずに承諾してしまえば、井伊大老の二の舞になってしまう。朝廷と幕府の関係はたちまち文久以前に戻ってしまうだろう。列藩も決して承服しない。今からただちに再議するように」と主張して、どうしても譲らなかった。

パークスは期限を設けていたが、使いの井上主水正が指を切り落とす覚悟でのぞんだので、十日間猶予することを認めた。

評議の結果、将軍がすみやかに上洛して条約勅許を奏請することとなった。

朝廷は、兵庫開港を約束した老中二名の処分を幕府に要求し、幕府は泣く泣く二人に免

職・謹慎を命じた。将軍家茂は条約勅許・兵庫開港を奏請し、将軍職辞表を呈出した。

　朝廷では在京諸藩の意見を求めた。慶喜は長い時間をかけて懸命に説得にあたった。「尊皇攘夷とは、すめろぎを太陽のごとくに受け入れ御慕いし、日本国を一つに思いながら、外国よりも強い国になることです。外国より強いということは、武力はもとより文化や産業に於いてもそうなることです。そうなるためには、国際法も外交もしっかりと守らなくてはなりません。他国と仲良くやっていかねばなりません。残念ながら、現在日本はそこまで強くはないのです。一部の者の言うように、西欧と戦争をしたならば、結局日本は負けてしまい、清国のようになってしまうでしょう。一度決めた条約です。外国に対しても誠意をもってのぞまなければなりません。神奈川条約は勅許されることが必要です」

　夜になって天皇は条約勅許・兵庫開港不可の勅書を下された。安政五年（一八五八年）の神奈川条約がここへ来て初めて勅許を得たのである。

　幕府は条約勅許を四カ国に伝えた。兵庫開港不可はあえて通告しなかった。しかし艦隊はそれで納得し、兵庫を出航して横浜に向かった。

十一、慶喜、将軍に

慶応二年（一八六六年）六月七日を期して幕府は長州藩を総攻撃する（第二次長州征伐）。幕府直属軍と松山藩軍は周防大島（屋代島）へ、幕府軍の他、高田藩軍、彦根藩軍が小瀬《おぜ》川を越えて芸州口から長州藩領へ入る。また、福山藩軍、浜田藩軍、和歌山藩軍、松江藩軍、鳥取藩軍は石州口の戦争に参加し、小倉藩軍、熊本藩軍、久留米藩軍、柳川藩軍、福岡藩軍、佐賀藩軍は田之浦・門司戦争を戦った。富士山丸などを中心とした幕府海軍も出動し、しきりに艦砲射撃を行った。

しかし七月も中旬になってくると、幕府軍の形勢の悪さは誰の目にも明らかだった。累々と並ぶ死骸の山、焼かれる村々、敗残の兵……。こんなことがあり得るのだろうか。しかも長州藩だけを相手にして。

慶喜は次々に飛びこんでくる敗戦の知らせに驚き、京都の屋敷で、

「なぜこんなに負けてばかりいるのか？」と原市之進に聞いた。

「敵方の武器が違います」と原は答えた。「射程が長く、安定しているミニエー銃で統一されておりますようで、大砲も性能のいいものを数多く持っているようです」

「幕府直属軍とて西洋式の最新式武器を数多く装備しているだろうに。決して見劣りしていないはずだ」

「幕府直属軍はそうでしょうが、各藩の装備はまだまだ旧式で、例えば、彦根藩の赤備えは伝来のもので、その軍勢、陣羽織を着た武士、赤旗・朱塗の鞘・赤甲冑など、もみじを散らしたようで、みなの目を引いているとのことです」

「敵は小さな隊が物陰から撃ち、直ぐに隠れてしまうというのに……。この散兵する戦術には驚かされた。武士の戦い方には、絶対にこのようなものはない。西洋の戦術にはあったのか？」

「よくわかりません。それにわが方は、色々な荷物を、人足に馬を引かせて運んで行くのですが、その人足たちが逃げてしまう。兵糧を持ったまま逃亡する。こういうことが続出しました。これも敗因の一つです」

「あとは地の利か」

「それもあります。敵は山道の高低や森林の広がり具合や使い方を熟知しているようです。配置の仕方がいやに正確です」

「しかし浜田藩軍等は地元であろう。地元の戦い方は心得ていように」

「地元では一揆が多発しております。民は、竹槍・小銃で武装し、打ち壊しや百姓一揆、砲火などをおこない、むしろ長州方に味方しております」

「藩主は私の弟だし、民心掌握が課題だな」

「そうですが、私の申し上げたいのは、長州藩は全く新しい軍隊だということです。少なくとも武家の軍隊ではありません。一つの指揮に従いながら、独自に判断して動く小隊を持つ組織です。この手強さは、並大抵のものではありません」

「武器が変化するにつれて軍隊も変化しなければならないということだな」

「それでなければ数倍する幕府軍に勝つわけがありません」

その浜田城、亀山（六十七メートル）の山頂に天守閣を持つ平山城であるが、七月十八日自焼した。浜田川以北の丸の内・武家屋敷はもちろん、浜田八町と呼ばれる町民たちの住む場所も爆砕され、黒煙をあげて崩れおちた。浜田藩は松江藩のもとに退去した。

浜田城自焼退城のしらせが届いたばかりの七月二十日卯ノ上刻（午前五時）、第十四代将軍・徳川家茂は大坂城で亡くなった。脚気衝心のためである。

幕府はこの死亡を秘して公表せず、八月二十日に死亡したとして、徳川慶喜の宗家相続を布告した。しかし実は、原市之進の強い進言もあって、慶喜はこれをずっと固辞し続けたのである。

徳川宗家といえば、国の支配者である。しかし少し考えれば、この時期それを受けようとする者がいるだろうか。周りを見れば敵だらけである。朝廷には、倒幕の機をうかがう者たちが少なからずいて、その後ろには薩長が暗躍している。長州征伐の失敗で諸大名はますます幕府から離れている。まともに言うことなど聴きはしない。幕府内部は親藩・譜代・旗本とあっても、どれも思うところは別々で、頼みにはならない。たとえ思うところがあるとしても技量・能力がそれに追いつかないでいる、というのが原市之進や慶喜の一致した評価である。彼らには先が見えるのだった。

徳川家最後の将軍となるだろうことは目に見えている。見えないとすれば、それは見ようとしないだけのことである。最後の将軍となる。そんな将軍職など誰が引き受けるものか、と慶喜は思う。死んだ家茂と同じように、年端の行かない少年を、周りの者たちの利害によってずるずると引き回すわけにはいかないだろう。この絶体絶命の事態を切り抜けられる者などいるのだろうか。

自分は生まれたときから当主になるよう運命づけられていた。武家の子は武士、百姓の子は百姓、商人の子は商人ということと同じかもしれない。そういう運命《さだめ》がある。途中で自分は将軍の世継ぎとなるための養子となり、そういうものとして厳しく育てられた。小さい頃から父、母の温もりをまるで知らず、将軍跡継ぎとして周りから鍛錬された。父を先頭にして周囲が自分をそういう目で見てきた。思えば、ずいぶん身に重い運命をさずけられたものだ。そしてその覚悟も据えていた。まことはずっと嫌がっていたのだが。

だが、ひょっとして本当に自分以外にこの世に徳川将軍が務まる者などいないのかもしれない。そう運命づけられた者は自分しかいないのかもしれない。

「国原《くにはら》は　煙《けぶり》立ち立つ　海原は　鷗《かもめ》立ち立つ　美《うま》し国ぞ　あきづしま　大和の国は」と詠んだ天皇がいたが、自分はこの美しい国を美しいままで残したい。

幕府には膨大な家臣団がいる。それをなんとか面倒みるのも肝要なことだろう。そういうことが自分に出来るだろうか。とりとめもなく、そうしたことに思いをめぐらし、孝明天皇の強い勧めもあって、徳川宗家のあととりだけは引き受けたのである。将軍職はどうしても受ける気にならなかった。

慶喜が宗家相続を奏上すると天皇は「政務筋これまでの通り取りあつかうべし」と仰せられ、慶喜は敗色濃い小倉口戦争の収拾を図った。

そのためには自ら兵をひきいて戦果を上げなければならない。一橋家が持つ兵三百六十七人、幕府の兵を合わせて十三大隊五、六千人に及ぶが、これが慶喜が統率する軍の主力だった。

しかし小倉口の情況は今や最悪だった。民衆による打ち壊しが頻発し、征長各藩の思惑はばらばらで、まるで敗残の兵と化している。いくら慶喜が大軍をひきいても、見通しの立たないまま、小倉藩は自ら城と諸屋敷に火を放ち、瓦解のみちをたどっていったのだった。

慶喜は「このような有様になってしまっては、長州を征服しようとしても、思い通りにはいきません。それ故、すみやかに秘していた故家茂公の喪を発表し、征長の兵を解き、大小名を召集して、天下公論の帰着する所によって進退しようと考えます」と申し上げ、天皇もやむをえず出陣停止を勅許された。長州との停戦交渉役には勝海舟を任じ、その結果を待つまでもなく撤兵させた。

ところで、この長州征伐の時期、フランス、イギリスは、それぞれの思惑に基づいて艦隊を使った外交が活発化した。フランスのロッシュは長州軍殲滅を示唆するかのような、あからさまに幕府よりだった。薩長へ武器供与しているジャーディン・マセソン商会を応援しながら表面は中立を表明しているイギリス。そのパークス公使を牽制《けんせい》しながら、フランス公使は独自に幕府を支援するのだった。イギリスにしてみれば、逆にロッシュの活動を牽制していたわけだった。長州征伐の最終局面を迎えて、外圧内圧どちらの方面に於いても活発になってきていた。

大坂城は大川（淀川）と大和川、平野川が合流する地点の、少し高台になっている所にあり、城は町のどこからも見えた。慶喜はその大坂城に入り、執務をとりおこなうことになった。孝明天皇は京都の御所に伝奏《てんそう》を呼んで、

「長い間将軍が欠職となっているが、どうするつもりか、徳川中納言に宣下せよ。たとえ固辞しようとも、今度はぜひ受けるべきとの内意を伝えよ」と言われた。慶喜はこれを聞いて「薄力非才でその任に堪えませんが、今は慎んでお受けいたします」と奉答した。こうして十二月一日に、翌慶応三年一月五日宣下あることを決定した。

慶喜は大坂城にロッシュを呼んで話を聞いた。ロッシュは慶喜の弟昭武《あきたけ》がパリに行くことになったのに喜びを表してから、薩長二藩が英国公使パークスと共謀して、幕府勢力の圧殺を図っていることを力説した。薩長は、幕府が排外的であって外国人を毛嫌いしている、権力は天皇が持っていて、幕府は一つの藩すら制御することができなくなっている、としきりに諸外国に宣伝している。幕府はこれをくつがえし、自らが日本政府当局であることを示さなくてはならない、統一的な国家機構を整備しなければならない、と語った。そして彼の持論の「六局（陸軍・海軍・会計・外務・内務・司法）取りたて案」を、その具

体的な細目にいたるまでくわしく語った。そして「こんなことを外国人の私が将軍に語るのは、それこそ前代未聞でしょうが」と付け加えた。

会見に参列したデンマーク人エドゥアルド・スエンソンの慶喜に対する印象である。

「大君上様は体格が良く、年は三十三ぐらい。顔立ちも整って美しく、少し曲がっているが鼻筋が通り、小さな口にきれいな歯、憂愁の影が少しさした知的な茶色の目をして、肌も健康そうに日焼けしていた。ふつうの日本人によくあるように目尻があがっていたり頬骨が出ていたりせず、深刻な表情をしていることの多い顔が、ときおり人好きのする微笑でいきいきとほころびた。顔の中央は例によって剃り上げてあり、後部の髪を束ねて丁髷《ちょんまげ》にしてあった。中背以下であったが堂々とした体格で、その姿勢も充分に威厳があり、声が優しく快かった。まさに非の打ちどころのない国王、という印象であった。衣装は色も形も他の者と同じくきわめて質美で、生地の贅沢さばかりが目立っていた。黒い絹の綺羅物が、色とりどりに何枚も重ねられた同種の薄衣の上に羽織られ、袴は金糸をほどこした絹だった。脇差しは腰の帯にさしていたが、太刀は太刀持ちの手にあった。

われわれに歓迎の辞を述べた後、大君はいろいろな問題について話を始めたが、中でも朝鮮遠征は大君もたいへん興味を抱いていたようで、特に朝鮮人がどんな武器を使ってわれわれに応戦したかを知りたがった。それから提督に、装甲艦や軍艦の大砲について、陸上の砲台における鉄板の使用等、軍事に関する質問を浴びせかけ、自らも詳しい知識をもっていることを明らかにしてわれわれを非常に驚かせた。また、日本ではどんな船に特に力を注いだら良いのか、提督の意見を求め、さらに、日本が海軍の武器を選択するにあたっていまだに西欧諸国が見せている半信半疑が、時代の要求にふさわしい海軍を日本につくって発展させるのを妨げてきている、と述べた。このときの対話から、大君が、外国の攻撃から日本を守るというより、大名の中で軍事的に優越している者たちに対抗するために武器を購入するつもりであること、国中団結した強大な日本を自らの指揮下に治めるべく、少なくともフランスの精神的援助を期待していることが明白になった」

十二、孝明天皇崩御

慶喜がしぶしぶ将軍になることを決めてから日も浅くない慶応二年（一八六六年）十二月二十五日、天皇が崩御された。慶喜の背中をとことん押してくれた孝明天皇である。その死が次期将軍にとってどれほど痛手だったかは計り知れない。

遡《さかのぼ》って、十月二十七日に天皇から中御門経之《なかみかどつねゆき》ら二十二人の廷臣に処分が下っていた。八月三十日の列参運動を行った公家たちに対してだった。朝廷内を走り回り、直接主上と団交する等あり得ない行動をとった彼らの主張は、①朝廷主導で諸藩主を召集、②文久二年・三年（一八六二年・三年）・元治元年（一八六四年）に処分された公家の赦免、③朝廷改革、④対長州解兵、だった。後ろに洛北で暮らす岩倉具視の手があったことは、様々な方面へ働きかける彼の手紙で明らかになっている。暗殺の脅しにおびえきった岩倉は、すでにすつかり心からの長州寄りになっており、長州藩士や薩摩藩士が回りを囲んでいた。

この処分で合計六十二人の皇族や公家が朝廷に入れなくなったはずだったが、天皇の病気・崩御とともに一挙に彼らの復権が進んだ。

十二月の天皇の様子を見ていくと、十日は、神鏡が奉安されている内侍所《ないしどころ》で催された御《お》神楽《かぐら》を見るために出御された。北側の母屋が神殿で妻戸を設置して御簾《みす》をつるし神鏡は西面して安置されている。南の庭で行われる御神楽見物のために天皇の御座は東西北を屏風で囲んで南面して設けられている。天気もよく晴れ、寒さもなかった。天皇は、すこぶる元気なご様子で、その神人一体の宴を楽しんだようだった。明け方に雨が降った翌日は、内侍所の春興殿で日がなお過ごしになったが、翌十二日になると発熱があって、寝所にふせった。すぐに高階《たかしな》典薬（御殿医）が呼ばれ、診断の結果、風邪だろうということになった。十三日、容態はいっこうに治まらず、高熱とうわごとが続いたので、高階は山本典薬を呼んで一緒に診察にあたったが、数カ所紫色の湿疹を発見し、痘瘡《とうそう》（天然痘）という言葉が初めてここで出た。十五日は、引き続き高熱を発し、特徴である吹出物が手脚にあらわれた。十六日、朝から吹出物があり、典医たちはそろってこれは完全に痘瘡であると診断した。十七日、十五名の典医が連名で、「十二日より発熱せられ、一昨朝より吹出物があり痘瘡と診断した。全体的に御相応の容態である」との報告を武家伝奏に提出する。十八日、寝殿で祈禱を行った。二十日頃から丘疹期、二十一日頃から水痘期、二十三日頃から膿疱期に入ったが、発疹はそれ程多くなく、病状は順当に進み、カサブタが乾き始めた。これは回復のきざしである。ここへ来て天皇は夜中、安眠せられ、通じもあり、食欲も回復し、ご機嫌もよくなられた。天皇の典侍・中山慶子は「まず御順当に御日立あそばされ、天機御不都合もなく万事お出来になるの御事、めでたい気持ちでうけたまわった」と手紙に書いている。

天皇の病臥とその回復の報が伝わると、公家たちはこぞって行動を起こした。病気見舞いとその回復の祝いである。これまで入殿を禁止されていた公家たちもつめかけた。さすがに岩倉具視や中御門経之は入殿が許されなかったが、岩倉の妹の堀川紀子《もとこ》や中御門の娘・典侍良子《ながこ》らの元女官たちは中へ入れた。岩倉の推挙で洋医・石川桜所《おうしょ》の診察も二十四日にあった。

その日、宮廷には安堵が満ちていた。祈禱の大騒ぎも治療のごたごたも最早止んでいた。警護についていた長州藩士と同行した堀川紀子の見舞いや石川桜所の診察に目くじらを立てる者もいなかった。その日、天皇は少なからぬ数の公家たちと面会をした。

食事は普通にとった。しかし饂飩と長葱の煮込みや湯豆腐という暖かくて柔らかいものが出た。食後に、この日献上された精力増大の薬をのんだ。しばらく様子の変わる気配は無かったが、急に猛烈に腹が差しこんできた。いそいで便所へ行く。便所は浴室の隣の少し離れた所にある。

そこで賊に襲われた。

賊は天皇の姿を確認するといきなり抜刀し、素早く急所を突き刺した。絶対に殺害するためにそれは数カ所に及んだ。忍者ならではの素早さだった。天皇は何ら抵抗をなす術も無いままに悶絶した。

朝廷内はしばらく阿鼻叫喚と周章狼狽に包まれた。しかし夜も更けた時刻を過ぎた時から、智恵が回り始めた。朝廷では何事も起こらず、永遠にまとまっていることが第一となる。

血に染まった遺体は寝所に運び込まれ、そこで清められた。

大騒ぎしないことが肝要。天下の一大事を、殺傷事件なぞ一つも起こらなかったかのごとくにやり過ごす。万世一系の天皇家は連綿として継続していく。そこにこそ公家たちと女官たちの生命はあった。

検死に当たった典医並びに関係者たちには徹底的な箝口令が敷かれた。治りかけていた痘瘡から突然の死はとても導けなかったので、天皇が崩御なされた事実だけが告げられた。

ただ、中山忠能《ただやす》だけが自分の日記に、「二十五日は御九穴より御出血、実もって恐れ入り候」

と書いた。数カ所刺されてあいた穴から続々と出血があったのだった。そして天皇はそのまま死んだ。

翌月になって長州派公家たちは次々に赦免され、彼らの本格的な復活が進んだ。いよいよ玉《ぎょく》を自分の手の内に入れて、ほくそ笑みが止まらない岩倉具視だった。

十二、パリ万国博覧会

「とうとう帰ってきた」とメルメ・カションは思った。「長いこと帰らなかったパリ。懐かしい。この匂い、雑踏、混沌……。何もかもが懐かしい。私を知っている者は未だ残っているだろうか。学校、教会……。誰も残っていなさそうだ」

彼がそう思うのは無理もない。パリの様相はすっかり変わっていた。町のそこここにあった貧民街は取り壊され労働者共同住宅が建てられた。しばしばバリケードが築かれた袋小路が姿を消し、広い大きな道路が現れた。鉄道が敷かれ街が大きくなった。生ゴミ、糞尿で溢れていた街区に巨大な下水道が完備された。ガス燈が街路にともり、夜を一変させた。人の手の入った森や広場がたくさん作られ、市民の憩いの場となった。ノートルダム大聖堂のあるシテ島には、立派な建物が並び、劇的に姿を変貌させていた。労使の友愛（フラテルニティ）と協同（アソシアシオン）を説く、ナポレオン三世を頭に掲げるサン・シモン主義者たちが成した業《わざ》である。

「科学が自然を服従させることにより労働を解放する」という、そのサン・シモン主義の壮大なるパノラマを具体化したのが、一八六七年四月から始まったパリ万国博覧会であった。シャン・ド・マルス（軍神マルスの広場）で開かれたこの万博は、産業の力で世界の覇権を握ろうとするナポレオン三世の帝国の威信を示すものでもあった。

今回、中近東・アフリカ諸国、ラテンアメリカ諸国、太平洋諸国、アジア諸国からの参加を得、文字通りの「万国博」となった。会場はよく言えば「インターナショナルな熱狂」が熱く覆っていたのだった。

日本の徳川幕府からは将軍名代として、慶喜の弟昭武が派遣され、留学が決まっていた。その手助けの為にフランスへの帰国が決まったメルメ・カションにとっても、その経過はよく理解できた。しかしお梶は妊娠しており、彼女を残していかざるを得ないカションは後ろ髪を引かれる思いだった。

だが又日本に帰ってくればいいだけのことだと思っていた。むしろそれは当然のことと考えていた。

そもそも彼はパリに戻ることは考えていなかったし、彼の心からすでにその選択肢は消えていた。お梶との生活で、江戸文化がますます大きく彼の心を占めるようになったこともある。日本という全く違う文化、それを当たり前のものとして受け入れる心が出来ていた。

だから、ぴかぴかのパリの壮麗さも、蒸気機関の重厚さも、万国博を覆う熱狂的なアウラも、実はあまり彼の心を惹かなかった。関心を惹いて止まないのは乞食の数の多さだった。パリではいたるところで浮浪者が見られた。年老いた者たち、女、子ども……、見てはおれないほど汚い手で、ものを請う人々があっちこっちに立っていた。

西洋文化の最先端を自認し、人類と科学が勝ち取った勝利を高らかに謳《うた》うナポレオン政権の一官吏の身の上であっても、パリの憂鬱は隠せなかった。「日本にはそんな者はいない!」と嘯《うそぶ》き、テーブルの上にあぐらをかく、付き添いの水戸浪士たちの言葉にも、うなずいてしまう点がある。彼らの目にもパリの虚飾に満ちた輝きが虚ろに見えてしまうのだろう。

彼は事前準備のために、昭武代表団より一足先に日本を発っていたが、それが思ってもみなかった災いを彼にもたらした。代表団の一行には、水戸藩士たちのようにあからさまに異民族を嫌う者たちの存在があったのは仕方がないとしても、アレキサンダー・フォン・シーボルト通訳官のように、イギリス側と連絡をもつ者が含まれていた。パークスは諜報活動をするために彼を推薦して入団させたのである。それが長い航海の間にすっかり信を受け、フランスで待つカションよりもずっと信頼されるようになってしまった。

パリのカションは、胡散臭い坊主としての扱いを受けるようになった。事実、彼には胡散臭い雰囲気が漂っていたのだろう。ナポレオンを支持しているようで、支持していない素振りもありで、そのアンビバレントな無国籍性が不信を買った。

それでも皇帝謁見の通訳官はカションが務めた。昭武の宿泊先である、オペラ座のすぐ近くにある「ル・グラントテル」からチュイルリー宮殿までは五台の馬車を連ねた。衣冠束帯姿に金蒔絵《きんまきえ》太刀、中啓（扇）の昭武たちの姿を見ようと沿道はパリの人々で埋まった。昭武とカションは、二番目の六頭立ての馬車に乗った。

宮殿では、儀仗兵の一隊が整列し軍楽隊が奏楽する中を、式部長官の先導で第一室からつぎつぎと部屋を通り、ようやく謁見の広間へと入った。正面の三段高い席に、左にナポレオン三世、右に皇后、後ろに外務大臣以下の高官たち、女官たちが立っていた。

昭武が皇帝の前に進み出て一礼すると、式部官が「ソンアルテス・アンペリアル・ジャポン（日本の国王）！」と大きな声で披露する。そして用意されていた挨拶を昭武が述べた。これに対しナポレオン三世より「両国が仲良くし、君主の舎弟に面接する機会を得たのは満足なことである。通商の利益によって、最遠隔の国まで開化するにいたることは嬉しいことである」という趣旨の答辞があり、メルメ・カションがこれを日本語に訳した。つづいて慶喜からの国書の奉呈があり、次の間で、皇帝への贈答品の目録を渡した。

これで謁見の儀式は終了し、その後公式行事がずっと続いた。

皇太子との謁見、オペラ座の貴賓席での観劇、パリの諸施設見物、チュイルリー宮殿での大舞踏会、外務大臣主催の大舞踏会、各国公使館主催のパーティーや夜会、ヴァリエテ座の話題のオペレッタ『ジェロルスタン大女公』の見物、ブローニュの森ロンシャン競馬場での大競馬、同じ場所での大観兵式、それらに連日連夜のごとくに参加した。

香水の香りが紛々《ふんぷん》とただようこれらの行事にすっかり辟易《へきえき》していたサムライたちは、次第に機嫌が悪くなって、昭武以外は必要最小限の数の参加となり、坊主にもかかわらず、これらの生臭い事柄を、嬉々としてやってのけているように見えるカションに、不信感が募っていくようだった。

自分が外国人であるにもかかわらず、外人、外人と叫ぶサムライたちの外国人嫌いには閉口するものの、仕方ないと諦めがつく。しかしカションの頭を悩ませたのは、それだけではない。

薩摩藩が幕府とは別に万国博覧会に出品すると、使節を送りこんできていたのだった。

彼らは、

「日本においては、諸藩が群雄割拠している状態であり、支配勢力である大君家は、そのうちの一つに過ぎない」というキャンペーンをしきりに張った。幕府側の人間には、とても認めることのできない主張だった。扱いによっては、幕府と薩摩のサムライたちの間で斬り合いが始まっても、おかしくはない問題だった。

これには『ジャパンタイムズ』に載ったイギリス公使館の通訳官アーネスト・サトウによる『英国策論』での主張も大きく影響していた。それは薩摩の一つの世界観にもなっていた。『フィガロ』『デバ』『ラ・リベルテ』『プティ・ジュルナール』の各紙はいっせいに薩摩の主張を載せた。その一方でフランス政府は、クリミア戦争・アロー戦争を同盟軍として戦ったイギリスと、軋轢を起こしたくはなかった。ここがロッシュの主張とは微妙にくい違っているところで、ヨーロッパの世論には薩摩やイギリスの主張が通っていく素地が出来つつあった。

慶喜から「何が起こってもフランスでの勉強だけは続けるように」との意味深長な言葉を得ている昭武には事態の深刻さはわからず、留学に専念しようとしていた。懸案になっている多額の借款についても進展しなかった。カションは自分の力だけでは、もうどうしようもないところに来ていると察し、親友の栗本鋤雲をフランスへ呼び寄せようと思った。彼ならばイギリス寄りになってきている代表団をロッシュ寄りに戻してくれるかもしれない。

イエナ橋を通って万博会場に入ると、鉄とガラスで出来た巨大な神殿（パレ）の楕円形の建物が正面にそびえている。その周縁部には十メートル幅の屋根つき遊歩道が延びていて、コサック・バレエ等が楽しめるロシア風カフェ、アラブ風の音楽を楽しめるトルコやチュニジアのカフェ、中国茶の試飲ができる中国風カフェ、ドイツ諸国が出展したビア・ホール（ブラッスリー）、フランス・ワインの展示コーナーでのボルドー・ワイン等が人気を博している。その食料品ギャラリーを通り抜けると、幅三十五メートル、高さ二十五メートルの巨大な機械ギャラリーとなる。高さ五メートルの見学台（プラット・ホーム）がギャラリーにそって設置されている。機関車、列車、ボイラー、大砲、電信機等の実物が稼働しながら展示されている。続いて同心円状に、一次原料および化学製品、衣服、家具および住居に関する製品、そして最後の文化教養ギャラリーへとつながっている。

万博会場はパレだけではなく、その周辺にシャン・ド・マルスの庭園がひろがっており、多数のパヴィリオン、劇場、カフェ、パノラマ、ディオラマ、レストラン、写真館、商店、郵便局、温室、水族館、浴場等、行楽施設が多数設置されている。その庭園のオリエンタル会場に、エジプト、シャム（タイ）・清国・コーチシナ（ベトナム）にならんで、日本の「大君政府」と「薩摩太守の政府」のパヴィリオンが設置された。大君政府には青で葵の紋章、薩摩藩には赤で丸に十字の紋章が掲げられていた。それぞれが、いがみあっているようにしか見えない。

開催中、日本製品の漆器類や美術工芸品、和紙などは珍重された。また隣に新設された檜《ひのき》造りの茶室に三人の日本娘を働かせたのも、評判をよんだ。さらに便乗した「帝国日本芸人一座」が「ナポレオン円形劇場」で興業を行い、パリの新聞に何度も取り上げられた。

メルメ・カションのパリ万国博覧会での活動は、決してうまくいったとは言えなかった。事情がよく飲みこめないサムライたちの間に入り、また大国の思惑と一人の情熱的な公使の間に入り、にっちもさっちもいかない毎日が続いた。当事者同士は少しもおかしなことは言っていないと信じているところが救いがたかった。

彼は疲れていた。

シャン・ド・マルス庭園の池の真ん中にある高さ四十八メートルの燈台から、夜になると四十八キロ四方から確認可能な強烈な光線が発せられる。背中にその光線を浴びるメルメ・カションの心はしかし少しも楽しまなかった。

十四、赤松小三郎斬られる

慶応三年の京都の八月は暑かった。おいしげる緑の草木は、ぐったりと頭をたれ、暑気の失せるのをひたすら待っているかのようだった。蟬《せみ》たちは、わずかな命を謳歌するように、せめて精一杯鳴き続けた。

このままでは米が育たなくなると、各地で百姓一揆が連発したのは、この夏のことだった。

天から御札が降り、ええじゃないかの熱狂的な踊りが街を覆ったのもこの夏だった。「ええじゃないか、ええじゃないか、ええじゃないか！」「長州さんの御登り、物が安うなる、ええじゃないか！」庶民たちは、取り憑かれたように口々に叫び街を練り歩いた。

江戸の麻布狸穴《まみあな》で、『英国歩兵練法』という五編八冊の完訳本を出し、塾を開いていた赤松小三郎を京都に招いたのは、薩摩の野津七次（道貫《みちつら》）だった。島津久光に従って入京した薩摩兵ら総勢八百名に英国兵学を教え訓練する仕事だった。京都御所に近い薩摩邸にその塾はあり、訓練は隣の相国寺の境内で行われた。野津は自ら塾生になり、他の塾生には東郷平八郎や上村彦之丞等そうそうたる連中がそろっていた。赤松はこの他にも、御所の西にある会津洋学校で顧問をつとめており、二条城に近い衣棚《ころものたな》という場所にも小さな塾を開いていた。

「講義は毎日午前三時間、午後二時間、午前はもっぱら英国式の歩・騎兵の練法と射撃に関するもの、午後は世界最近の戦史、窮理学、航海術でした。課外として時々世界の政治組織についての講義がありました」と後に陸軍少将となった可児春琳《かにしゅんりん》は述べている。

そこで小三郎は若き門人たちに、

「外国が国を亡ぼした例を見ると、皆この身分性や階級性のため、人材をば棄てて、貴族と称するやからが自己の無能を顧みずに、専横をふるまったことに基づく」と熱っぽく語った。「これからは、多数の選挙によって選んだものを宰相とするのである。英国式を参考にして日本の国柄に合わせていくのがよいだろう」と人民平等と民主主義への希望を訴えていた。若い頃から身分や世襲によって行く手を阻まれ続けてきたことが、小三郎の行動の原動力になっていた。

薩摩塾は当初薩摩藩以外の入塾希望者にも門戸を開くことを条件に開校し、藩の枠を越えて「国民軍」の創設を目指したものだった。京都市民のあいだでも相国寺で新式の武装訓練をおこなう薩摩兵の様子には関心が集まっており、多数の希望者があった。その原因には、当時福澤諭吉の著である『西洋事情』の十五万部におよぶ爆発的ベストセラーの影響もあって、西洋学問にたいする関心が大いに高まっていたことがある。

薩摩邸で西郷吉之助は腕を組んだ。

「赤松先生の講義は寧ろ薩摩藩の中だけで管理すべきものだと考えもうす。これまでの青に代わって赤表紙の『重訂英国歩兵練法』全七編九冊（赤本）な軍事機密として厳重に管理すべきもの、邸外に流出すまじきものでごわす。入塾希望者な、邸内の手狭を理由に断るしかごわんせん」

「じゃっ《そうだ》じゃっ《そうだ》。英国歩兵練法は薩摩の専売にすべきものでごわす」と中村半次郎（桐野利秋）が頷いた。

「今年の五月に赤松先生は、『御改正口上書』を越前、薩摩、徳川政権に建白されちょる。松平春嶽公、島津久光公、土佐の山内容堂公、原市之進を通じて徳川慶喜公にも渡っておりもす」と西郷は言った。その内容は、普通選挙で選出された議会が国事をすべて決定するという統治機構論、さらに法の下の平等・個性の尊重などの人権条項をも含むものであり、日本最初の民主的な憲法構想であった。

「じゃっちしなあ《そうらしいです》。じゃっどん《しかし》、内容についてはいっこじゃが《いっこうに》理解《わか》りもはんが……」と中村は白けた顔つき。

「こいな《は》『薩土盟約』と繋がっちおる。土佐の進める平和革命を薩摩も認めないわけにいかんかった」と西郷。

「薩土盟約」(政権を朝廷に返還させた上で、選挙で議会を設立することを求める約定)がむすばれた六月二十二日には、関係者にはかなり広範に赤松の『口上書』が流布され、新政府構想のたたき台として機能していたのである。

「じゃっどん《しかし》、幕府と長州の戦争は避けられんち。こん《の》戦《いくさ》に薩摩がかり出されるかもしれん。そんなこつあらば、薩摩の命脈もたたれるかもしれん。どっちんかっちん《どちらにしても》、なお一層猛《たけ》き心を奮い起こさずば対峙することはできもうさん」

「武士が常に戦に備えるは、当然でありもす」と中村。

西郷吉之助は「薩長同盟」を密かに結んでおり、戦いがある時は長州側に加勢しようと心に決めていた。

「天下の形勢はむしろ、慶喜公や会津・桑名に対して、反抗している長州藩にむいておりもす」と中村半次郎が言うと、

「動きがとれない混乱した政治にごわしては、そいを突破するには、今ある仕組みを爆砕する他にはありもはん」と、西郷の心も武力倒幕の方向へ動いているのだった。

最近、彼はイギリスの外交官アーネスト・サトウと会っている。

西郷らが、

「大君政府に代わって、『議事院』すなわち国民議会を樹立すべきだ」と発言すると、サトウは、

「そんなことは甘い幻想だ」ときっぱり決めつけ、「普通選挙なんてイギリスでもやっていません。幕府はフランスと組んで、急速に軍備を整え、薩摩と長州をつぶそうと準備しているところです。薩長は武力をもって対抗すべきであり、イギリスは軍事的な支援をする用意があります」と一喝した。

サトウはその足で今度は土佐に乗りこみ、イギリス人水夫二名が斬殺されたイカルス号事件の犯人を、坂本龍馬の海援隊士の犯行と決めつけ、後藤象二郎・山内容堂と直談判に持ちこんだ。

このため、土佐がこの事件の処理に追われ動けないでいるあいだに、薩摩は遅延を口実にして「薩土盟約」を破棄してしまっていた。サトウはイカルス号事件を口実にして、土佐を武力倒幕の方向へ導こうとしたのである。

薩長に武器を売りつけ大儲けしていた、長崎にあるジャーディン・マセソン商会のトーマス・グラバーは彼の盟友だった。内戦が起これば彼らは大儲けすることになる。

原市之進が二条の官舎で髪を結っている最中に暗殺されたのもこの頃だった。彼もまた前任者の平岡円四郎と同様に、水戸藩士から猜疑の目で見られ、嫉妬心も抱かれていた。敏腕な側用人として、慶喜の不得意な交渉術にも長け、兵庫の開港問題、赤松小三郎との連絡、そして大政奉還に奔走していた彼だった。原が生きていたら、とこの後慶喜は何度も思った。

西郷吉之助は「薩土盟約」を破棄し、武力倒幕の方針に変更し、その実施計画を練ることになった。薩摩兵千人の部隊を三つに分け、御所の護衛を襲撃する隊、天皇を京都南部の男山に移す隊、会津藩邸と幕兵屯所を焼き打ちする隊とした。その上で「討将軍」の布告を発布し、大坂城を急襲してこれを奪い、大坂湾の幕府艦隊を粉砕するという計画だった。

この時点でもまだ平和革命方式に引き戻すべく努力を続けていた赤松小三郎だったが、郷里の上田藩からの度々の帰国命令もあり、とうとう薩摩塾をたたむことになった。

「赤松先生が薩摩塾をたたみ、上田藩へ帰国するこつになった。御家老の小松帯刀《たてわき》殿は、先生が上田藩へ帰るこつを拒否し続けていたが、そうもいかんこつになってしもうた。赤松先生はもともと会津藩とも江戸幕府とも連絡を持っている。薩摩藩の最重要機密を持っている赤松先生を他藩に出すのは、如何んでんこげんでん許さるまじきことでごわす。なんとかしなければなりもはん」と西郷が言うと、

「判りました。おいが赤松先生を処分しましょう」と中村半次郎は眼を光らせた。

九月三日、大久保一蔵（利通）の斡旋で、木屋町で赤松の送別会を持った。宴の最中、中村半次郎が立ち上がり、

「今までは師弟でごわすけんど、かくのごとき混乱の時勢、いつ砲煙の内にまみえねばならぬようになるかもしれもはん。それで今日かぎり師弟の縁を断ってもらいたいど」と申し出て、各自が署名した門弟帳を藩邸から取り寄せ、焼き捨ててしまった。

その後、一同墨染の遊郭へ繰り出すことにあいなったが、赤松小三郎は病気を理由に断って、一人で自宅に向かった。すると五条東洞院通を下がった所で、刺客に襲われた。下手人は中村半次郎と田代五郎左衛門。他に見張り等で三人の薩摩藩士が共犯だった。

暗殺者たちはすぐに藩邸の近くにあった赤松の居室に入り込み、彼の所持していた手記などの重要書類を綺麗さっぱり焼却し、今後の機密漏洩を防いだのだった。

そして人通りの多い四条通東洞院角と三条大橋に「斬奸状」が貼り出された。

「この者儀、かねて西洋を旨とし、皇国の御趣意を失い、天下を動揺せしめたこと不届き

のいたり捨ておくべからざる大罪につき、天誅を加え候」とあった。師匠を葬るにあまりにもむごい業であった。中村半次郎はこの後、「人斬り半次郎」という異名を持つこととなった。

暗殺後の九月下旬の段階で、土佐が薩摩を偵察した報告によれば、在京の薩摩兵二大隊ばかりはすでに西郷に背き、もし西郷がことを起こせば、逆に彼を討とうとしていたという。この軍隊の不服従によって西郷・大久保らの挙兵計画は頓挫せざるを得なかったのである。革命の平和的移行か武力倒幕かは微妙な問題となった。

十五、大政奉還

それは突然やって来たように思われた。しかし慶喜にとって大政奉還は、必然の理《ことわり》だった。そもそも征夷大将軍とは、夷狄を討つための将軍である。国際情勢に目を向け、外国と交際を結んでいかなければならない今日、そんな将軍などいらない。たとえ毛利家だろうと、わざわざ征夷大将軍をやろうとは言わないだろう。それを自分が引き受けることになるとは、なんという皮肉だろう。それでも徳川宗家の流れを汲む自分しかいないとなれば、自分の役目はそのジレンマを断ち切ることとなろう。

だから土佐の、山内容堂の名で出された建白書が、大政奉還を要求していたことは渡りに船だった。そうならざるを得ない必然性があった。だから飛びついた。もちろんこれは後藤象二郎らが進めている議政局の設置と結びついている。この動きを慶喜はよく承知していた。

「それもよかろう」と彼は思っていた。「最早すべてを広く世の中の人々と論議をつくして決めてゆく時代なのだ。将軍家一人で決める時代ではない」

それが大政奉還。

慶応三年（一八六七年）十月四日、土佐の建白書が慶喜のもとに届けられると、十二日、フランス式陸軍部隊をひきいて陣取っていた京都二条城に、老中以下幕府の諸有司を集めて、政権奉還の決意を表明した。翌十三日、二条城大広間に在京四十藩の重臣を召集し、諮問案を回覧させた。案には、

「従来の旧習を改め、政権を朝廷に帰したてまつり、広く天下に公議をつくし、聖断を仰ぎ、同心協力ともに皇国を保護つかまつり候えば、必ず海外万国とならび立つべく候」とあった。老中が、

「何か意見のある者は、遠慮なく申し上げるように」と全員に告げた。余りにも重要すぎたせいか、誰も意見を述べる者はいなかった。

「それでは、今後将軍様に拝謁を願いたい者は名前を記入すること」として筆紙を用意した。六名の者が記名した。その中には小松帯刀や後藤象二郎の名前が入っていた。

彼らを含め誰も政権奉還を非難する者はなく、むしろ慶喜の英断を評価する者ばかりだ

った。

後藤象二郎は二条城を退出するとすぐに、入京して近江屋に下宿している坂本龍馬と会った。後藤は、

「慶喜公はわれわれに大政奉還の号令を出されたんじゃ。議政局を設けて上下両院を創設することになっちょると言われた。実に千載一遇の、天下万民がめっそう喜ぶ出来事ぞね。これ以上のことはないちゃ」と語った。

坂本龍馬は書きつけたものをしばらく黙って熟視していたが、

「将軍の今日のご心中をお察しするぜよ。よくも決意してくれたものぜよ。わしは誓ってこの公のために命を投げ出すき」と言って、嬉しさのため息を大きくついた。

慶喜は源頼朝以来、七百年近くにおよんだ幕府（武家）政治に自ら幕を閉じようとしている。これまで赤松小三郎や後藤象二郎、原市之進まで巻きこんで進めてきた平和革命が今起こりつつある。

十四日、慶喜は大政奉還を朝廷に願い出、十五日、御所で勅許の沙汰書を受け取った。

これで大政奉還はなされたはずである。

しかしこの変革を額面とは全く違って受けとった者たちがいる。自分たちが脅かされるのではないかという危機感をいだいた、岩倉具視や大久保一蔵たちだった。

岩倉の手元には自分たちが創った、十四日付の「倒幕の密勅」がある。

「詔《みことのり》す。源慶喜、万民を溝壑《こうかく》におとして顧みず、罪悪のいたるところ、神州をまさに転覆せんとす。朕は今や民の父母である。この賊にして討たざれば、何をもって上は先帝の霊に謝し、下は万民の深讐に報ぜんや。これ朕の憂憤するところ、汝よろしく朕の心を体《てい》し、賊臣慶喜を殄戮《てんりく》し、もってすみやかに回天の偉勲を奏し、生霊を山岳の安きにおくべし。これ朕の願いなり」という内容で、中山忠能、正親町三条実愛《おおぎまちさんじょうさねなる》、中御門経之の名前がならべてあるだけの、仮に十五歳の天皇が書いたとしても、なんともお粗末なものだった。日付も慶喜が大政奉還を発表し朝廷に願い出た時と重なっており、偽の密勅だったことがわかる。

しかしながら薩摩・長州はこれをもとに、自分たちの王政復古のクーデターに向けて、しゃにむに準備を進めることになる。兵を動かすにつけ、まず目につくのは土佐藩、坂本龍馬の存在である。最近とみに平和革命方式を主張して、その活動範囲を広げている。彼を抹殺して、土佐藩の勢いもまた削がなくてはならない。

坂本龍馬を暗殺したのは京都見廻組《みまわりぐみ》の佐々木只三郎を指揮官とする数名の専門部隊である。龍馬はピストルをぶっ放す最重要のお尋ね者なのである。通報があればすみやかに、出来れば一撃で切り捨てられる居合いの達人が必要になる。幸い見廻組にはそういう人物はごろごろいた。どこにいて何をしているのか、あらかじめわかっていれば、暗殺はたやすいだろう。

龍馬に関する最新の情報を提供したのは薩摩藩である。薩摩藩は会津藩と並んで情報網を京都中に張りめぐらしていた。まして土佐藩は仲間うちのようなもので、ただでさえ目立つ龍馬の情報なぞは自家薬籠中のものだった。武力倒幕をめざす薩摩にとって、昨今の龍馬の存在は赤松小三郎にも増して危険なものになりつつあった。

龍馬暗殺のあったのは十一月十五日夜、土佐藩邸の真向かいにある近江屋の二階だった。もし発覚すれば藩邸からは一分以内に駆けつけられる。この暗殺は、どうしても手早く周到に行われなければならない。実際、凶行は暗殺者が二階に駆け上がるのと同時に行われ、龍馬には三十四カ所、中岡に二十八カ所の切り傷刺し傷がある。確実に殺害することが目的である。龍馬は脳天も割られている。そして暗殺者たちはまたたく間に逃走していった。

京都市内では十月末から十二月にかけて、伊勢大神宮や諸社の神符《しんぷ》が天から降り注ぎ、「ええじゃないか」騒動が連続した。岩倉らと薩長などは、この騒擾《そうじょう》にまぎれて互いに往来し密議をこらした。

薩長芸三藩の出兵協定が成立し、薩摩藩は藩兵三千が入京し相国寺に駐屯、芸州藩は藩兵三百をひきいて妙顕寺に宿し、長州藩は二千百が三田尻を出航し、西ノ宮の六湛寺を本営とした。

「王政復古の大号令」という政変決行の手順と新政府の概要は、十二月五日に決まった。

後藤象二郎はその夕べひそかに松平春嶽を訪れ、薩摩が政変を計画していることを告げ、前土佐藩主山内容堂が上京するまで、決行を延期するよう協力を求めた。春嶽は大いに驚いて、翌六日、二条城の慶喜のもとに直書を届けさせた。慶喜は人払いをしてから親しく引見した。

越前藩士は青ざめた顔で春嶽の書を捧げた後、声を潜めて、

「不幸にして、ことついにここまで来てしまいました。とうにご承知のことと存じますが、老婆心ながら、公は朝廷に対し、飽くまでも恭順の意を失わないでいただきたい」と言上した。慶喜は聞き終えてから、

「余はすでに政権を返上し、又軍職の辞表も上げてきたところであるから、朝廷において王政復古の御処置あるのは当然のことである。今更驚くことでも心配することでもない」と言って、顔色一つ変えなかった。しかしこれを会津・桑名等に聞かせれば、ゆゆしき大事をも引き起こすことになろうと思い、胸のうちに秘めた。ただ老中板倉伊賀守のみを呼んで、

「この上は何事も朝命のままに服従せんこと、従来諸大名が幕府の命令に従ったごとくに

なすように」と告げた。

十二月八日午後から九日朝にかけて朝廷で会議が開かれた。九つある御所の門は西郷の指揮下、薩摩・土佐・尾張・越前・芸州の五藩の軍事力によって警護された。

衣冠姿の岩倉具視がしずしず参朝し、王政復古の詔勅・政令等の文案をおごそかに持参した。そして「王政復古の大号令」が出された。その夜、即位したばかりの十五歳の天皇は小御所《こごしょ》に出御し、新政府最初の会議（小御所会議）が開かれた。小御所は上中下の三間に分かれていて、御簾《みす》に隔てられた「上段の間」は、中央に厚畳二枚を重ねた上に褥《しとね》を置いて玉座とし、天皇が臨席した。天皇の姿は誰にも見えない。

まず公家側から、「慶喜に官位（内大臣）の返上と領地の返納を求める」との議題が出された。すると山内容堂がすかさず、

「今日の挙動はすこぶる陰険である。二百余年にわたって海内を太平の隆地にあおがせしめたのは徳川家ではないか。しかるを一朝故《ゆえ》なくしてこの大功ある者を疎外するとは、はなはだ公議の意味を失っている。慶喜公は祖先より受け継いだ将軍職をなげうち、政権を奉還したのだ。平和な国体を守ろうとするもので、その忠誠に感動すら覚える。かつ慶喜公の英明のほどは天下に聞こえている。すみやかに公を朝議に参加させて意見を求めるべきだ。追いつめられてこのような暴挙を企てた三、四の公家は、幼冲《ようちゅう》の天子を擁して、権

力を盗もうとするのではないか」と発言して一座をにらみつけた。これに対して岩倉具視はまなじりを上げ、

「御前会議であるぞ、慎みなされい。陛下は不世出の英主であられて、今日のことごとくは寝殿から発せられている。『幼冲の天子を擁して』なぞとは無礼にもほどがあろう！」と大声を出した。

後藤象二郎が、「王政復古は公明正大でなければなりません。今日の事態は実に陰険に進められてきております。どうしても慶喜公を呼んで朝議に参加させねばなりません」と主張し、それ以降議論が紛々《ふんぷん》とし、深夜に及んで、討幕派は暫時の休憩を求めた。

休憩の間に西郷吉之助は、

「短刀一本あれば片がつくことではないか。このことを岩倉公によく伝えてくれ」と容堂らの暗殺を示唆した。

これを聞いた容堂と春嶽は最終的には譲歩することになり、慶喜に辞官・納地を命ずることに決定した。

発せられた「王政復古の大号令」を受けて二条城内外の騒ぎは火に油を注ぐようにいや増し、討薩の声がふつふつと起こり、戦乱必至の情勢となる。

そこで慶喜は旗本五千人、会津兵三千人、桑名兵千五百人を城中に集め、門外に出るこ

とを禁止した。彼らを抑えて、挙兵をしりぞけ、宥《なだ》め諭《さと》したが、その限界は瞭然だった。
それでいったんこの地を去り、大坂城に向けて気勢を緩めようとし、二条城退城を決意した。

十一日松平春嶽が登城し謁見したので、慶喜は、

「昨夜来辞官・納地の命令が外に漏れて、多くの人が激高し、私に挙兵を迫ってきている。その気持ちは不愍ではあるが、朝敵の名を負って祖先をはずかしめる事態には堪えられない。だからしばらく京都を避けて大坂へくだろうと思う。大坂ならば、鎮撫の術も講じやすかろう」と述べた。個性は違えど、ともに闘って平和革命をめざしてきた二人だった。春嶽は慶喜の中に、子どもの頃から培われてきた、誰よりも抜きんでた最後の将軍としての覚悟を見た。涙がこぼれて仕方がなかった。

そして十二日、慶喜は徒歩で二条城の裏門から出発した。

旗本・御家人・会桑の藩兵が連々と後に従った。時刻は酉《とり》の上刻(午後五時頃)で、日はすでに没していたが、提灯は一小隊に一個のみで、都大路をくだり、鳥羽街道から八幡の関門を過ぎて、枚方《ひらかた》に着いたのは東天が白み渡る頃、真冬の寒空から降る霜が、頭髪や髭を白くさせていた。七ツ時(午後四時頃)になって、ようやく大坂城に到着した。

十六、鳥羽伏見の戦い

大政奉還した慶喜は、要害の大坂城にこもって持久戦に持っていけば議院政権構想に迫ってゆけると考えていたにちがいない。事実、妥協点を模索し始めた三職会議では、官位は「前内大臣《さきの》」とし、領地返納の件は、いずれ「天下の公論をもって」として継続審議になった。この調子で進めば、近い将来、新政府部内にそれなりの地位を回復するはずである。

しかしながら討幕派は何とかして武力倒幕に持ちこみたい。

西郷吉之助は江戸で「天璋院様御防衛」という名目で、五百人の浪士隊を組織させた。幹部には「赤報隊《せきほうたい》」で後に有名になる相楽総三《さがらそうぞう》もいた。浪士隊は挑発行動を派手にくりひろげ、江戸市中の治安は急激に悪化した。

豪商に押し入り、「勤皇活動費を徴集する。われわれは薩摩藩の者だ」などと大金を強奪する御用金強盗が続発した。十二月二十二日、芝赤羽橋にあった庄内藩の屯所《とんしょ》に銃弾が撃ちこまれた。これは江戸市中取り締まりを引き受けていたため狙われたのである。翌二十三日、薩摩藩士によって江戸城二の丸が炎上、同日、三田同朋町の屯所が銃撃され、発砲者は近くの薩摩屋敷に逃げこんだのだった。

堪忍袋の緒が切れた幕府は、二十五日朝、薩摩藩邸焼き打ちの命令を出す。千人余りの兵士が邸をぐるりと包囲し、庄内兵が正門に大砲を撃ちこんで攻撃を開始、銃弾が飛び交った。建物が黒煙を吐いて燃え上がり、邸内とその周辺で猛烈な市街戦とあいなった。江戸では早くも戦争が始まった。

ここへ来て、戦いたくてうずうずしていた幕府主戦派は、「君側の奸《かん》（＝薩摩）を除く」という慶喜名の「討薩の表」を作成し、これを朝廷に提出すべく、一万五千の旧幕軍が隊伍を連ね、鳥羽街道と伏見街道を埋めつくす勢いで行進を開始することとなった。

もともとは開戦をもとめぬ軽装上京であったはずが、大軍をもって威嚇しながら行軍する威力入京となった。こうした部下の動きに対して慶喜は、

「勝手にしろ！」となすがままにしたのだった。

京都にいたる道は鳥羽街道、伏見街道だけではない。道は幾様にもある。大部隊を擁し

ている幕府にとって都を制圧するのは容易だったはずである。だが薩摩の五倍はいるといわれる大部隊の威容を、見える形で並べることこそが重要だった。それを見ただけで薩長は恐れ入ってしまうだろうと考えたのだった。しかし薩摩は無論最初からヤル気だった。

この両者が激突したのは、慶応四年（一八六八年）一月三日からであった。場所は京都の南にある鳥羽・伏見。田圃の中に大小の沼が散らばり、伏流水が葦の間を流れる湿地に、西の鴨川、南の宇治川にそって、鳥羽街道と伏見街道が京都の街に向かって延びている湿原地帯、田園地帯である。

昼前、薩軍は小枝橋を渡った所にひそかに陣を構えた。鳥羽街道の西側には、大土手との間に赤沼があり、そばには竹藪があって、そこに身をひそめた伏兵二大隊を置き、東側には五大隊が横に並んで銃陣を張った。大砲は路上に一門、東の田畑中に三門。歩兵たちは皆半首《はつぶり》という円錐形の傘をかぶり、全身黒ずくめの軍装である。

阻止線を張ったその場所で薩軍は、京都へ問い合わせるなどと口実をもうけ旧幕府軍の進行をいつまでも足止めにした。じっと辛抱強く答えを待っていた旧幕府軍も七ツ時分《じぶん》（午後四時頃）しびれを切らして、「実力で突破する」と全隊が大汐のごとく二列で押しよせた。

ラッパの合図で隠れた所から一斉に火を放つ薩摩軍。信じられないことだが、旧幕府軍の先頭にいた歩兵隊は銃に装弾していなかった。そのまま前進して、バタバタと撃ち倒され、こなごなに逃げ散る。砲弾が道の真ん中にあった旧幕軍の大砲に命中し炸裂した。死体の山がきずかれていく。しかしやられてもやられても旧幕軍は次々にやって来る。最新の元込式シャスポー銃を装備したフランス仕込みの伝習兵や勇猛な会津藩士らの参加もあって、激しい戦闘は夜になっても止むこと無く続いていった。

一方、伏見でも奉行所付近の伏見街道に急ごしらえされた竹矢来の後ろにいる薩兵に旧幕府軍は進行を阻まれていた。奉行所を見おろす高台には、東側に四門、北側に五門の大砲が狙いを定めていた。西側は町家の並んだ市街地になっていて、その北側に薩長軍六大隊が待機していた。やはり、「通せ」「待て」のこぜりあいを繰り返していたが、鳥羽街道の方から砲撃の音が聞こえてくると薩軍の大砲がいっせいに火を吐いて、戦闘を開始した。

奉行所には砲弾が雨あられと降ってきて、しつらえられた野戦病院も爆砕される。防御柵に斬りこんだ先頭の新撰組や会津の刀槍部隊がことごとく銃砲の餌食となる。近隣の住人は皆逃げてしまい、空き家になっている。そこから畳を持ち出し、盾にしながら、市街戦が展開される。

九ツ時（午前零時頃）薩長軍が奉行所内に突入すると、積み重なる死体の山があった。戦死者はこれだけでなく、死傷者は六艘の船に詰めこんで南ぎわの平戸橋から大坂方面へ水路で運ばれたということであった。残っていた敵兵は容赦なく切り捨てられた。旧幕府軍は、指揮する者がすでに存在せず、統一的命令などなく、それぞれの判断で市街地に火を放ちながら戦い後退し、京橋などをわたり中書島《ちゅうしょじま》・浜島で野営した。

その夜はひどく寒かった。

この日、開戦のしらせが入ってくると、朝廷は上を下への大騒ぎに陥った。薩摩、長州の兵隊の姿は見えないし、一体どうなっているのだと岩倉らに詰めよる者もいた。それがどうやら薩摩側が優勢らしいと噂が入ってくる夜半過ぎになると、朝廷の雰囲気は一変した。岩倉具視を讃え、大久保一蔵におもねる人々があふれてきたのだった。

大坂城の慶喜は病気を理由に寝所から出てこない。

戦闘二日目、一月四日も身を切るような気候だった。水田や沼地の多い湿潤地には朝霧が深く立ちこめた。しかしその厚い霧を吹き飛ばす勢いで、強い北風が吹きつけた。雪をかぶった山岳からふいてくる凍りつくような比叡おろしである。風下に位置する旧幕府軍には殊更《ことさら》つらい風だった。

彼らは米俵や酒樽で鳥羽街道に防御柵をきずきながら、斬りこみ突撃や刀槍《とうそう》部隊の突入などを繰り返し、一進一退の攻防を展開していた。もちろん小銃や大砲なども多用され、空が真っ赤に染まり硝煙の匂いが充満する。

それは伏見も同様だった。弾薬の煙と市街地の燃える煙で真っ黒にくもる下で、旧幕軍は指揮者が存在せず、諸部隊が独自の判断で行動した。

一月五日朝には戦場に錦《にしき》の御旗がひるがえった。

錦旗《きんき》とは、赤地錦に金で日輪、もう一旒《りゅう》は銀で月輪を配した左右一対の縦長の旗で、岩倉が部下の玉松操《たままつみさお》に考案させ、大久保が半分を京都薩摩藩邸で、残りの半分を品川弥二郎が長州で創ったものである。征討将軍にまつりあげられた仁和寺宮と公家の小隊、薩摩藩士の小隊がこの旗を押し立てて、東寺の本陣から鳥羽街道を南下して、伏見の焼け跡を巡見し、帰還したのだった。実際は二十三歳の仁和寺宮を、薩摩の中村半次郎（桐野利秋）が後ろから脅かしながら廻らせたようだ。

とにかくこの作戦は大成功。寒風に翩翻《へんぽん》とするこの錦旗を見て、官軍先鋒部隊はエイエイ声を上げて元気づき、旧幕軍は戦場を棄て散々《ちりぢり》に逃げ去ったという。

一番衝撃を受けたのは、大坂城の慶喜だったようで、錦旗が出たという報告を受けると狼狽し、

「朝廷に対して刃向かう意思は全く持っていなかったのに、賊名を負うにいたって悲しい。たとい家臣の刃《やいば》に倒れても、命の限り説得すれば、こんなことにならなかったはずなのに。自分が『いかようにも勝手にせよ』と言い放ってしまったことが、一生の不覚だった」と後悔した。

しかし戦場では相変わらず、生ぬるい血しぶきが注ぎかかり、灼熱の弾丸がとびかっていた。日本最初の本格的近代戦である。川沿いの長い堤で何度も戦闘が繰り返された。堤の左右は死骸の山だ。しかし長い一本の堤道も、最後の千両松の阻止線が破られてしまうと、後はずるずると淀城まで後退した。

旧幕府軍本営はこの淀城に入って態勢を立て直そうとした。

何と言っても淀城の城主は譜代大名稲葉美濃守で老中まで務めている十万二千石、その居城である。まさか旧幕府軍を入れないわけがない。しかしそのまさかが起こった。続々と敗走してくる兵士を止められず、指揮を任されていた大目付たちが、大坂口から城内へ入ろうとすると、そこを守っていた留守の家臣たちが門を閉ざして中に入れない。

大目付滝川播磨守たちが、「どうしても入れろ」と入城を試みると、そこを守っていた兵士たちは槍ぶすまでそれに答えてきた。大目付は、「淀藩は薩長軍に味方した。これは敵である！」と捨て鉢に言い、馬にむち打ち、南の方へ去って行った。敵の眼前で城を攻める余裕はない。宇治川の淀小橋、木津川の淀大橋を焼いて敵の進路を絶ち、南下して橋本関門で待ち受けるしかない。

強風が吹きまくり、火焔が天にみなぎり、城下の商戸ことごとく焼け落ち、士族の家も三百余棟が灰燼《かいじん》に帰した。

慶喜は、負けいくさの報告を受けるたびに、舌打ちをしながら、ずっと引き上げを命じていた。しかし前線の武将は素直にそれに応じるわけにはいかない。自分たちが始めた戦争であること、さらにうかつに退却すると総くずれになってしまうという戦略上の鉄則があるからである。

この夜、大坂城大広間の会議に参加していた慶喜は、そこにいる幕閣たちに、

「ここここにいたったのもひとえに君側に奸臣がいることが原因である。これを排除しなければ天下は治まらない。不幸にして戦いに敗れ、危殆《きたい》に瀕《ひん》しているが、その誠心は必ず天の照鑑《しょうかん》があるだろう。この城がたとい焦土となろうと、断固死守すべきである。私がここで死んでも、関東忠義の士が必ずその志を継いでくれるだろう。しかる後は毫末《ごうまつ》も恨むところなし。諸君も固く私の志を体し、ますます報国の道をつくしてほしい」ときっぱり言い放った。

聞き入った将士は感涙にむせび、感激した目付は徹夜で馬を飛ばして慶喜のこの檄語《げきご》を将兵に伝えた。

淀で桂川を合流した宇治川はここから淀川となり、京都盆地の最南端から大坂平野に流れ出す。盆地から平野に出る所が、北に天王山、東南に男山に挟まれた山崎地峡である。橋本関門は男山のふもとにあって、淀川対岸の山崎関門と向かい合っていた。

旧幕府軍は橋本に陸台場をかまえ胸壁をきずいて、せめてここで一勝を勝ちとろうと、強固な防御線を敷いた。薩長軍は渡河作戦を敢行するが、抵抗が盛んでなかなか橋本を落とせない。混戦の中で、坂本龍馬を襲った見廻組の佐々木只三郎も銃撃され死んだ。戦闘は長引くかと思われたが、ここでまた思いがけないことが起きた。山崎関門を守っていた津藩藤堂家の裏切りである。山崎から橋本めがけてしきりに砲弾を撃ちこんでくる。思ってもみない側面攻撃で旧幕府兵は茫然自失に陥り、薩長軍は色めき立って総攻撃に移る。橋本関門も陥落した。

七ツ時（午後四時）過ぎ頃までに大坂城へ引き上げよ、という命令があり、敗残兵たちは大坂に向かう。途中、宇治や奈良方面に進路をかえた部隊もあった。

引き上げてきた敗残兵でごった返す大坂城は、殺伐とした雰囲気に包まれていた。連日の負けいくさを目の当たりにし、傷ついて疲れきった兵士たちは腹もすかし、誰彼かまわず八つ当たりした。在城の将士たちもこれにあおられ、唾《つば》を飛ばして口々に「総大将は何故出てこない！」と慶喜出馬を叫び立てる騒擾《そうじょう》状態だった。

ここで総大将としてあってはならないことだが、慶喜は六日夜、数名の幕閣と側室のお芳を連れて大坂城の後門からひそかに抜け出した。慶喜にとってはこれが最善の策に思えた。しかしお芳を同行させたのは極秘中の極秘であった。京畿にいる間中ずっと彼につき従って、話を聞き続けてくれたのはお芳だった。生きるも死ぬるも一緒でいたいと言う彼女の言葉に誠実でありたかった。心を許して話ができるたった一人の相談相手だった。最後の時、どうして離れて過ごせようか。

港のある天保山まで来ると、幕府の旗艦開陽丸は薩艦を追ってここにはいないということだった。仕方なく米艦に乗せてもらって待機していると開陽丸が帰ってきた。艦長の榎《えの》本武揚《もとたけあき》はたまたまいなかったが、それに転乗し江戸に向かった。

帰途、慶喜は前夜の自分の発言を思い出す。城が灰になろうと断固死守すべきである、自分が死んでも部下は必ずその仇を討ってくれるだろう。あれは心からの叫びだったのだろうか。この結末はどうだろう。事態はまるで逆の方向に進んでいる。だが、あの発言をした瞬間、部下たちの顔は輝き、自分も涙した。累々たる戦死者を前にして、実際あれが本当の心からの叫びであるように思えた。

しかし違うのだ。自分はそうであってはいけないのだ。戦いを求めてはいけないのだ。あくまでも平和を求め、あのように動いてはならなかったのだ。そもそも、「そちらの思うように勝手にせよ」なぞと言って、この変の原因を発生させてしまったこと、それが悔やまれる。騒ぐ声におされて指揮者として大きなあやまちをおかした。これ以降、部下たちを決して戦わせてはならないと思うのだった。

大坂城は深い堀や高い石垣、堅固な大砲陣地等でかためられた天下の名城だった。兵糧も武器もたっぷりある。これをもってしても総大将が放棄してしまったと聞かされ、将兵たちは皆がっくり虚脱し、すっかり戦意を喪失した。

七日の昼になって旧幕府軍は紀州をへて国に帰れという命令が出、ほぼ全体が紀州路に向かった。大坂城から続々と足をひきずりながら出ていく兵士で道は大混乱。この列をなす敗残の軍団は、数々の不祥事と大騒ぎを起こしつつ、七ツ時（午後四時）頃には、大坂城は空き家同然となった。

この日、岩倉具視は朝堂に在京の諸侯を集めて、徳川慶喜征討令を公示し、揺れ動いていた各藩の態度を決定させた。

この二日間、大坂城は誰が守るでもなく放置された。「城中の物は取り放題」と誰が言うでもなく伝わって、市中の者は言うに及ばず、三里五里近辺、お国船手の者までも我も我もと城に入り、思い思いに品を取っていった。たいそう貴重な物を持ち運んで行く者も多かったという。

九日、長州藩兵がやっと姿を見せ、白旗を掲げたわずかの旧幕軍残留兵と城引き渡しの話をしている時、

「火事だあ！」という叫び声が起き、臭いと煙が立ちこめてきた。火勢はどんどん強くなり、長州兵は堪りかねて逃げ出し、拡大してゆく火災を消し止めることができなかった。火薬庫にも延焼し、大爆発を起こし、数日間めらめらと燃え続けて大坂の町に黒煙をなげ、城をすっかり焼きつくし、とうとう灰燼と化せしめた。

無残に焼けただれた城の跡は、武家政治の終わりを告げているようだった。

十七、江戸の終わりに

慶喜が船で江戸に戻ると、翌日ロッシュが江戸城を訪ねてきた。通訳をまじえて御座の間で会談した。

「私も今兵庫から戻ってきたところです。重要な用件があります。私が自ら江戸に戻って一瞬でも早く殿下に拝謁したいと願う切実さをお察しください。執政官に会うのではございません。大君殿下にお会いしたかったのです。結論から申し上げると、このまま手をこまねいて敵の制裁をお受けになるのは、いかにも残念であります。ご先祖様にも申し訳がありません。わがフランスは一層のご協力をいたしますので、ぜひとも回復を図られるべきであります」とロッシュは言った。

幾人もの家臣たちから聞かされた同じような意見なので、慶喜は、

「ご好意は大変ありがたいが、日本の国体は他国と異なり、たとい如何なる事情があっても、天子に向かって弓をひいてはならない。この幕府を担ってきた祖先に対して申し訳なくは思うが、自分は死んでも天子には反抗しない」と言った。

「天子ですと！　今の天皇を本当に天子だとお思いになりますか？」

「もちろんだ」

「大君殿下のことを賊臣だと決めつけております。そんな天皇に忠誠を尽くす必要がありましょうか？」

「誤解が解けていないのだ。残された手段としては、ますますお詫びを深める以外にない」

「今の天子は幼少で誰もその顔を見た者はおりません。一部の奸臣が思いのままにあやつっているのです。それは殿下が一番よく御存知のことでしょう？　殿下は新しい天皇の顔を見たことがありますか。長州の者がどこかから連れてきたって判るわけがありません」

「長州が匿い続けてきた南朝の血をひく天子のことか？……水戸と長州でそういう話をしたことがある」

「それが現実のものとなったと考えられませんか」とロッシュに問い詰められると、慶喜は首をふって、

「いやそれは無理だろう。朝廷には多くの公家たちがいる」と言った。

「それより、前の天皇は暗殺されたという噂が絶えません。これをどうお思いになられますか」

「そうであれば、とんでもない一大事だ。しかし公使はその件をどうして知っておるのだ?」

「イギリスのアーネスト・サトウから聞いております。薩長の中では知る人ぞ知る事実らしくござります」

「ほう。誰が下手人なのか?」

「岩倉具視の一派と長州藩士でございます」

「そうであろうな。しかし今となってはそれは証明しがたい。天子様は敵の手にある」

「暗殺でこしらえた天皇であってもですか?」

「だから今や万事休すなのだ。たとい偽勅であっても勅語という形をとれば、それは守らなくてはならぬ。それが教えだ。錦の御旗が立てられれば、それは大勢が決したということなのだ」

「それが今一つわからないのです。フランスにも皇帝陛下はおります。しかしそれは取りかえることが不可能な存在ではありません。あくまでも人民が選んでいくのです。人民が選んでこそ皇帝になり得ます。それが証拠に、ルイ王朝は崩壊しました。世継ぎの旗や神器、血筋で決まるものではありません」

「それが大昔から絶え間なく続いてきた日本の国体の独特なところなのだ」

「あなた様の水戸学によるものではありませんか？」

「そうかもしれない。私は幼い頃からそればかり叩きこまれてきたからな。日本国の象徴としての天皇だ」

「世の中の生きとし生けるものすべて、たとい小さな虫といえども、自分の命が危うい時は、必死で抵抗するものです。二百六十年の大政府が二、三の強藩の兵力に対して、少しも敵対せず、唯一平和を講じて止まずとは、世界中古今にその例を見ないでしょう」

「では公使はどうすべきだと考えておるのだ」

「さればです」とロッシュは身を乗り出した。「ここに私は建白書を書いてまいりました。以前建白いたしました幕政改革の件につきましては、着々と取り組んでいただきありがたく存じます。既に伝習兵は幕軍にとって欠かすことのできない存在になっております」

「カンパニーと融資の方は大丈夫か？」

「順調に進んでおります。そこで今なされなければならないことは、まず人心掌握と兵力の配置を考えることです。建白書には、外国に対する布告案と国内に対する布告案も添えてあります。よくお読みください」

「私は大政奉還をしたのだぞ」

「英断にございます。英明な大君殿下にしかできないことであります。しかし政治を天子様にお返しするにしても、まず人々の考えをまとめていかなければなりません。議政局の設立です。外交も必要です。現実的には大君殿下に励んでいただく他ありません」

「薩長はどうなのか？」

「大君殿下が一番よくご存知のはずです。狡猾に虚名もって策謀し、自分の藩の利益だけを考えております。公明正大の衆議を経て国事をとりおこなうと口では言っても、衆議を行わず、自分の利益に基づく粗暴軽薄な言辞を弄して、突然京都におもむき、英雄らしい素振りをし、実体なき天子をあやつって、無体を押し通しているのです。自分はイギリスと手を結びながら強硬に幕府に攘夷を主張するなどです。勝手な振る舞いを許してはなりません。賊は断然討伐すべきです」と顔を真っ赤にして主張した。

「どのようにしてそれができるのか？」

「徳川の陸軍は五つの大隊を持ち、これにシャノワーヌらのフランス軍事顧問団に教育された歩兵隊が四隊、さらに砲兵、騎兵、遊撃隊を加えれば、一万五千の兵力となります。そこに会津や桑名、奥羽諸藩の兵を混じえると、実に全兵力は三十万にも及びます。敵はせいぜい二、三万で、これを討つのはいたって簡単であります。それに加えて海軍は、この日本では無敵と申してよろしい。砲二十六門を有する開陽丸をはじめ、新鋭の軍艦が八隻もございます。これらが十全に稼働すれば、東海道を上ってくる薩長軍を駿府城近辺で殲滅することができましょう。また、敵の喉元とも言うべき兵庫沖へ一部の軍艦を派遣して砲撃することもできます。薩長と西国諸藩との連携を絶つのです」

「そううまくいくかな？」と慶喜は懐疑的である。

「無論困難は承知の上です。江戸の要塞化、陸軍、海軍、その指揮の一元化。またそれとは別に外国兵の部隊をつくることも必要となります。清帝国の賊兵を撃退したのもこの種の兵隊でした。アメリカかフランスならば人材が豊富でしょう。フランスならば大量の兵隊を送ることができます」

しばらくの沈黙の後、

「ううむ。考えておこう」と慶喜は答え、会談はそこまでとなった。


心が動かされないこともない。この意見の方が幕臣の大半を占める。しかし慶喜の考えは決まっていた。恭順謹慎、これしかなかった。

ロッシュの言葉どおりにおこなったら、それこそまた大戦争になる。フランスやイギリスを巻き込んだ大戦争だ。薩長軍がそう簡単に降伏するとはとても考えられない。しかも今の戦いは血みどろの近代戦だ。大砲が吠え、血の塊が舞い散る肉弾戦だ。それが国内で展開される。尊皇攘夷の本当の意味とは、国中が平和に統一されていることだ。国の平和と統一を願って、すめろぎは、終始行動してこられた。自分もそのつもりで行動してきた。

父にも歴代の徳川家の将軍達にも済まないことをした。きっと、手ひどい罵声を浴びせられることになるかもしれない。この江戸城全体が泣いているような気がする。しかし最後の将軍として自分の選択した行動が一番正しかったのだ。尊皇攘夷を貫くとはこういうことなのだ。

最早、自分が前面に出て戦うときではない。自分たちが育んできた人材が、新しい世の中で活躍することになろう。何年かかるかわからないが、それを辛抱強く待とう。

慶喜は上野の寛永寺にある上院の大慈院に入り、恭順の姿勢を示し続けた。

江戸無血開城を終えた、四月十一日、桜散る中、慶喜は江戸を出て水戸へ向かうことになる。積日の憂苦に顔色憔悴し、髭はぼうぼう、黒木綿の羽織に小倉の袴をつけ、麻裏草履をはいていた。随行の者は千数百名いた。三ノ輪まで下り、下谷道に出る所を音無川が流れていて、そのほとりに浄閑寺がある。西郷吉之助がぶらりと見送りに来ていた。

巨漢の西郷とうらぶれた慶喜は、しばらく黙ってお互いに見つめ合った。その後、とうとう慶喜が口を開き、

「西郷、昔は同志であったはずだが、いつから敵対するようになったのかな？」

と聞いた。

「殿が天狗党の仲間を見殺しにした時でごわす。部下をあげん目に合わせて平気でいられる殿様は、私どもとは育ち方が異なっちょると思いました。闘う者の仁義を踏みにじってはなりもはん。政権を本当に倒すには徹底的にやらなきゃなりもはん」と静かに答えた。

西郷の顔を見つめていた慶喜は、

「おまえの政権が見ものだな」と言って、目をそらした。

慶喜はその後水戸から駿府へと居を移し、四十五年間にわたる明治政府の政治をひたすら見続けた。亡くなったのは大正二年、彼の生涯にたいする評価は様々だが、かつて見なかった逸材であったことは間違いない。


慶応四年（一八六八年）五月四日、任を解かれたロッシュは横浜から軍艦ゼオランド号に乗った。二日間続いた雨があがり、この日はよく晴れていた。埠頭には軍楽隊が出て、各国公使はもちろん、在留外国人の多くが顔を見せている。栗本鋤雲は外地にあり、小栗忠順は上州で新政府によって殺害されていた。日本の役人は見知らぬ者ばかりである。彼がゼオランド号に乗り込むと、停泊中の軍艦からは轟々と礼砲が放たれる。

艦が動き出し、潮風が心地良い。甲板に立ってじっと横浜を眺めていると、一隻の押送《おしよくり》船《ぶね》が近づいて来た。残してきた「現地妻」のお富が、しきりに手をふっている。晴れがましい席に来てはいけないと言ってあったのだが、堪らなくなって見送りに来たのだろう。泣き笑いの顔で手をふっているだけだが、彼女の未来はどうなることだろうか。彼女の親友にお梶がいた。出産がうまくいかず亡くなってしまっていた。カションの妻だ。お梶とお富は境遇が似かよっていただけに、よく一緒に二人で過ごしていた。しかしお梶はもうこの世にはいない。カションとも連絡がとれなくなっている。徳川幕府が崩壊してしまった今では、わざわざカションを帰国させた意味がなくなってしまった。

カションには日本に対して、彼の妻お梶に対して燃えるような思いが残っているに違いない。それが自分自身を燃えつくす炎になってしまわなければよいが。

お富には横浜や熱海でずいぶん世話になった。金は残してきたはずだったが、これからのことが心配だ。だが、日本には日本人のやり方がある。きっとなんとかやっていくだろう。

彼が描いた壮大な歴史マップ、夢見た国は幻のごとく消えてしまった。自分は日本人に何をもたらせたのだろうか。結局、何か役にたったことがあったのか。胸をむなしい風が吹き抜けていく。

彼はチュニスから、最後の仕事として、満々とした風をはらんだ帆のように自信をもって日本にやって来た。帰る時は凱旋将軍のように、腹の底からの笑いを浮かべて帰るはずだった。しかし今のようでは、凱旋将軍というより、疲れ果ててうなだれた敗軍の将のようだ。この四年間が水の泡のように思い返される。

しかしこの四年間、チュニジアとはまったく違った、むしろ正反対の世界がめくるめく展開していた。二度と体験できない貴重なドラマだった。目新しい情景が連続した。世界は色々だ。だから興味はつきない。

ロッシュは眼前に展開する懐かしくも美しい国の景色を、こみあげてくる様々な思いとともに、見つめ直すのだった。

十八、明治六年の政変

一つの時代が終わった。徳川の世の中は終わり、それから先は明治時代である。各地方からくり出していた大量の武士団と幕臣の消滅によって江戸の町の大半を占めていた武家屋敷に人の影が無くなった。広大な屋敷群は荒廃し、雑草が茂り、兎が走った。

江戸城の無血開城後、江戸庶民の憩いの場所であった、寛永寺と付近の町を含む上野の森の炎上を伴った彰義隊戦争、会津若松城他の落城と城下の人々の生活破壊をもたらした東北戦争、そして北海道の箱館戦争、と続く一連の戦争が終結してから、西郷吉之助は、消えていった多くの者たちの姿や荒廃した風景をまじまじと眺め、信頼していた弟の陣没や自分の健康状態の悪さも加わって、鬱状態に陥り、鹿児島へ帰郷した。

願遁山野畏天意（願わくば山野に逃れて天意を畏れ）

飽易栄枯知世情（飽くまでも栄枯を易えて世情を知る）
世念已消諸念息（世念すでに消え諸念おさむ）
烟霞泉石満襟清（煙霞泉石襟に満ちて清し）

当時の西郷の心情である。どうしても自然の懐に抱かれて、自分一人の静かな生活を送りたかった。だが、時代は西郷をそんな状態には決しておかなかった。

岩倉や大久保たちの強い要請があって、明治四年の春、薩摩兵を引き連れて荒廃した東京へ上り、その八千名の近衛兵を背景にして、これまでの政治制度を根底から変える廃藩置県を断行する。藩主たちや士族がそう簡単に納得するわけがない大変革だった。しかしその秋、岩倉・大久保・木戸・伊藤ら最高級官職を含む総勢五十名を越す大使節団が鳴り物入りで横浜からアメリカに向けて出発した。江戸に残る留守政府は、使節団から「新しい官制改革は行わないように」と釘を刺されていたが、予定の二倍に当たる二年近くかかった使節団の帰国までの間、できたての革命政府が何もしないですむわけがない。

華族・士族・平民相互間の通婚許可、職業選択の自由と水呑百姓・娼妓・年季奉公人の解放、神社仏閣の女人禁制の廃止、土地永代売買の解禁と近代的所有権の法認、郵便・電信・鉄道の開通、法典整備と司法制度確立、太陽暦採用、国立銀行条例制定、学制公布、地租改正、徴兵令施行、日清修好条規批准……、とこれまでの有り様を根底的に変える施策が次々と行われた疾風怒濤の毎日であった。

政府内部の汚点も顕在化した。大蔵大輔井上馨は、盛岡藩の御用商人だった村井茂兵衛を破産させ、彼の所有する尾去沢銅山を没収した。これを井上家の出入り業者に低価格・無利息・十五年賦で払い下げ、自分が共同経営する予定だった。司法省が「井上に嫌疑あり」とすると、長州閥が猛烈に抵抗し、うやむやにしてしまった。これが尾去沢銅山事件である。

陸軍大輔山県有朋《やまがたありとも》の若い頃からの友人で、奇兵隊でも活躍した山城屋和助が陸軍省内で自決するという事件が起きた。御用商人となった山城屋は、山県および長州系軍人と癒着し、陸軍省予算の約一割もの公金を抵当無しで借用し、パリの歓楽街で豪遊していた。これを耳にした司法卿江藤新平《えとうしんぺい》（佐賀）らが本格的捜査を開始しはじめると、山県はパリから山城屋を呼び戻し、証拠書類一切を焼却し、事件の真相を闇に葬った。これが山城屋事件である。

木戸の推挙で京都府権大参事《ごんのだいさんじ》となった長州藩士・槇村正直は、豪商小野組の東京への本社移転を政治資金と税収減になるとして認めず、迫害した。小野組はこれを不服として出来たばかりの裁判所に訴えた。これが司法省と長州藩との対立となった小野組転籍事件。

これらは長州藩維新の志士たちがこれまで常習的に行ってきた行為であって、高杉晋作の無軌道な放蕩ぶりに始まって、伊藤博文の猟色ぶりにいたるまで枚挙にいとまがなかった。しかし、新しい世の中を創っていくためには、絶対に人民の権利が保護されねばならないし、封建的ではない司法制度をなんとしても確立する必要があると考える江藤新平らとは、各方面で対立せざるを得なくなった。

逃げ帰った大名たちの広大な江戸屋敷、幕府からとりあげた莫大な財産、幕府派大名が持っていた様々な利権……、とびこんできたとんでもなく莫大な利権を前にして、彼らは血眼になっていた。

遣欧使節団のメンバーも、西洋で展開する信じがたい権力の濫用と資本消費の氾濫を、ただ呆然と眺めるしかなかった。一番の目的であった条約改正なぞ塵のように吹き飛んでしまった。

使節団ではまず第一に大久保利通が帰ってきた。江藤らの活躍と自分たちの余りの成果の無さに言葉を失い、帰国当座は何もできなかった。次に木戸孝允が帰ってきた。長州藩士たちが追いつめられる姿を見るにつけ、彼らの利権を守り、地位を回復しようと決意した。秋には残りの使節団が皆帰り、岩倉・伊藤らが合流すると、その思いはますます強くなり、伊藤の斡旋でそろって策をこらすことになった。

朝鮮使節問題というのがあった。それは旧来、対馬藩が管理していた朝鮮内にある施設を外務省の管轄に移し、国交関係の継続を日本が求めたところ、朝鮮政府が拒否したことから始まる。「朝鮮は鎖国をしている。日本は西洋の制度や風俗を真似て恥じることがない無法の国である」というのがその理由だった。これに対し、「国辱にかかわる。すぐに軍を送るべし」との声も起きたが、「非武装で礼装した使節を、まず朝鮮に送り、善隣友好をはかるべきだ」と西郷が声を発し、その使節を自分がやりたいと主張した。それを明治六年（一八七三年）八月の閣議では反対者もなく決まっていた。ただ正式決定は岩倉使節団が日本へ帰ってきてからということになった。しかし岩倉が帰国してからもなかなか閣議は開かれず、西郷のはやる心は焦らされ、太政大臣三条実美《さねとみ》に詰めよる日々だった。この時期、岩倉や伊藤、大久保たちは江藤主導の政府を転覆させるべく策を凝らしていたのである。

とうとう十月十四日になって閣議は開かれた。冒頭大久保が参議になることが告げられ、その大久保が朝鮮への使節派遣延期の案を出した。

「使節を発せんとすれば朝鮮政府は使節に対し不信行為に出るのは必至であり、征韓は不可避となり、開戦に直結する。それ故、使節派遣はすぐに行ってはならない。不利益は次の点である。一、不平士族の反乱が起きる可能性がある。二、戦費の負担が人民の反抗を招くおそれがある。三、政府財政は戦費に堪えられない。四、軍需品の支出が国際収支を悪化させる。五、ロシアを利するのみである。六、戦費のために現存外債の償却を怠ればイギリスの内政干渉を招く。七、条約改正に備えて国内体制を整備するのが戦争より先決である」とした。

これに対して江藤新平が発言した。

「閣議で決まったにもかかわらず、長い間宙ぶらりんになってきた使節派遣問題だが、もし朝鮮側が野蛮で使節が必ず殺されるのであれば、つまり戦争準備を不可避とする状況ならば、使節派遣など中止すべきである。延期はあり得ない。すでに開戦理由が存在する。派遣延期など中途半端なことを試みるより、開戦を決定するほうが理が通っている。当然、使節を派遣するという判断は別の状況から成り立っているのだと考える」と大久保の論理がそもそも違っていることを指摘した。

西郷が自ら使節になって話をつけてくるという発想は、自らの体験に基づく戦略から成り立っていた。長州征伐の収拾は自らが単身乗りこんで、それ以上の戦いをくいとめた。江戸城開城もトップ同士の話し合いで無血のうちに執り行われた。朝鮮国ともそれは出来る。まして、攘夷で鎖国中なぞという主張の者は自分の周りには腐るほどいたではないか。長州なぞはその旗頭であったはずである。少し前までの日本を思い起こすべきである。攘夷の態度をさして野蛮なぞとは、どの口がそれを言うのか。日本が西洋の制度や風俗を真似て恥じることのない無法の国になったという指摘は判らないでもない。今や我が国は西洋化一辺倒になっているように見える。しかしわれわれは急速に進出してきた西洋文明に対して大いに警戒したのであり、それへの対応として今に至っているのだ。その心を大切にしなければならない。清国を含め、朝鮮や台湾に住む人々、全アジア人民との心の交流をこそ、大事にしなければならない。それは可能であると信じていた。だから、自ら使節になることにこだわったのである。

閣議のメンバーはそれを理解し、最終的には大久保を含む満場一致で西郷派遣を閣議決定した。あとは形式的な天皇裁可を残すだけとなった。

しかし大久保の心は実は穏やかでなかった。岩倉・三条にかつぎ出されて意に沿わぬ参議就任・使節派遣延期発言をしたのである。それに対してこの閣議結果では、このまま参議はとても続けられぬ、即刻辞職すると辞表を三条にたたきつけた。三条は大いに慌てて岩倉に相談すると、岩倉は態度を変えて今度は大久保につき、自分も辞職すると言い出した。気弱な三条はこれを聞いて、高熱を出して卒倒、人事不省で職務遂行不可能となった。

こうした事態にあって伊藤博文は、この機会に岩倉を太政大臣に就け、閣議決定を天皇に上奏する際に岩倉に独自の発言をさせて朝鮮使節を阻止するという非常手段を決めた。

結局このやり方で岩倉・大久保の提携関係が修復され、岩倉が太政大臣代理に就任した。閣議から一週間も経過し、手続きが放置されている状態に西郷が時計を見ながらいらだっている頃、大久保は岩倉に手紙を送っている。

「つらつら往事を思い起こすと、慶応三年十二月九日、われわれの思い切った行動で王政復古の大宣言を成し遂げ、ついに今日に至っているところ、今ひとたびこの様な状態になり、岩倉様に太政大臣代理の役割が回ってくるのも天が与えた必然と言うべきです。ご苦労ですが、ゆめゆめ逡巡の無きように決然と行動してください」とした。小胆な岩倉に釘をさしたのである。

四参議は、太政官職制に基づき、すみやかに天皇の裁可を受け、公布の手続きをとれと再三督促したが、岩倉は、

「三条は三条、まろはまろだ。閣議にての決定がすべてではおじゃらぬ」と主張した。

二十三日、岩倉は天皇に上奏文を提出して使節派遣論を批判し、国内整備が先決だと主張した。閣議決定も口頭で上奏されたが、採りあげられたのは上奏文だった。使節派遣は延期となった。

ここに正規の手続きをふんだ閣議の決定は葬り去られた。それは、天皇による内閣不信任の意思発動を意味する。ここにおいて、天皇の信任を失ったかたちの全参議は辞表を提

出しなければならなかった。すでに大久保参議と西郷参議は、それぞれ辞表を提出していた。人事権者の岩倉太政大臣代理は、大久保の入れ知恵に従って、西郷および板垣退助・江藤・後藤・副島種臣の五参議の辞表のみをすみやかに受理し、木戸・大隈重信・大木喬任・大久保のそれは却下した。露骨な選別処理である。

山城屋事件の山県有朋、尾去沢銅山事件の井上馨、小野組転籍事件の槇村正直……と、汚職・不祥事を続出させていた長州派は、政変のおかげで罪をうやむやにでき、没落寸前の淵から這い上がることに成功した。ここにおいて、江藤が眼を光らしていたときには想像もつかないような、政府上層の法規遵守感覚の麻痺が進行し、木戸や伊藤にとって、政変の真のねらいが朝鮮使節云々ではなく対司法省問題であったことを如実に表していた。

またしても岩倉らの陰謀によって、政治をつかさどる首が、すげ替えられた。

十九、鰻温泉で

海岸線が絵のように風光明媚な指宿《いぶすき》温泉から、桜島に対峙して聳えている開聞岳に向かっていくと、山中の森林に囲まれた鰻《うなつ》温泉を見いだす。真ん丸な鏡のような形をした湖ほどに大きくて深い池があり、その畔に十軒ほど小さな家が軒を連ねている。どの家の庭先にも、しきりに湯気を噴き上げるスメと呼ばれるかまどが設えられている。鰻池では全長二メートルに及ぶ鰻がとれ、それに由来して住民の名字は全部「鰻」と名乗っていた。水は濁りなく清らかで、青く澄んでいる。畔に畑地も広がり、作物と野菜は南国の日をいっぱいに浴びて一年中とれたが、土は厚く広がるローム層に覆われていて、出来る品種は限られていた。指宿温泉は浜辺の砂湯で有名であったが、西郷隆盛は強い硫黄分が含まれる鰻温泉の方が、身体に効くとして好んだ。建物の多くは、地中から吹き上げる湯気で傷んでいた。風呂場は村の中心にあり、西郷はそこからすぐ近くの家を、十三匹の愛犬とともに使っていた。

その愛犬たちがいっせいに吠えだした。誰かがやって来たのだ。西郷が耳をすませると、警護の侍が、「元参議の江藤新平ち名乗るお方が西郷《せご》どんと是非お話したいとおとずれてきもした」と取り次いだ。

「よお、西郷どん。元気そうだなあ」と入ってきた男は、一緒に辞表を出した江藤元司法卿。四カ月ぶりだったが、やけに汚れてやつれている。それを見て西郷は、

「おお、江藤どん。遠い旅だったろう。まず風呂に入るか？　すぐ隣にごわすから」

と言った。

江藤新平が風呂からあがり、着てきたよれよれの袷《あわせ》を身につけて入ると、西郷は筒袖《つつそで》の上着に「でこんぼっち」と呼ばれる厚手の股引《ももひき》、裸足のいつも変わらぬ格好で、箱膳の後ろに座っていた。

「めしを食べながら、ゆっくりと話をしようかい」と言い、焼酎なども用意されていた。

飯は、サツマイモや雑穀などを少ないお米に混ぜたかて飯で、みそ汁は大根の葉と根を使っていた。たくわんのつぼ漬けもあったが、なんと言ってもカツオのたたきがあったこと、これが江藤に対する歓待の気持ちを表していた。

「初ガツオなたあ！」と江藤が眼を丸くすると、

「少し早いかもしれんが、この地方の名物でごわしてね」と嬉しそうに西郷は言った。「しかも鰻池には淡水魚な、なんでんかんでん揃っておる」

「それは素晴らしいですね」

「釣りをすれば入れ食いじゃど」

「鹿児島へ帰ってからどのようにお過ごしですか？」

「釣りをしたり兎狩りをしたり、時には近所の子どもたちを集めて塾のようなこつをやっておる」

「それだけですか？」

「まあ、他にも色々忙しいこつはずんばいごわすが、こげな大自然の中《な》けどっぷい浸かって清々しい息で胸いっぱいにするこつは素晴らしかですなあ」

「ご自宅へは顔は出さないのですか？」

「出しもすよ。『武村の吉』ち呼ばれとる。家は武村にごわすかんね。じゃっどん、生活は変わりもはん。畑仕事と兎刈りど」

「私学校を開設するという話を聞きましたが」

「そう。おいと一緒に薩摩の者がずんばい帰ってきちょるからね。昔の鶴丸城の厩《うまや》跡に私学校を建てて、吉野には開墾社を開く予定がごわす。学問と農業で汗を流してもらわなけりゃなりもはん」

「桐野利秋や篠原国幹なぞはそれで満足しておるのですか?」

「意見は色々あるじゃろうが、今の所、おいにべったいついてきてくれちょる」

「例の『民選議院設立建白書』はどうなりました? 私も署名しましたが、辞めた参議たちはこぞって署名しております」

「鹿児島へ帰る時、板垣君たちから話がありもしたけんど、高知士族の団結ば、ああいう形でまとめようちしておる。あれはあれで一つの運動じゃごつ思《お》めもす」

「自由民権の運動に対してどうお考えなんですか?」

「おいは、言論をもって政府機関を持てるとはとても信じられもはん。自らの力をもって政府を打ち立て、しかる後に思い切った改革をするのでごわす。言論だけに頼ろうとするのは準備不足たい」

「西郷どんは権力取りの方法を一般的に述べていらっしゃる。ところが現在の日本では、毎日大久保・岩倉らの有司専制が行われちょるのだ。これは『公議輿論』を重んじるとした『五箇条の御誓文』に違反しちょる。政府の『有司専制』を防ぐには、今のところ『自由民権』が一番有効だ。それで突破する。勿論、自由民権は恒久的なものだし、やがてそれは確立されざるを得ない。ところが土佐では今の所それが一定の支持さえも得ている。佐賀・熊本でもその気運は高まっている。西郷どん、あなたも立ってくれ」

「江藤さん、おまんさぁは司法卿だったから自由民権ちいうもんがどげんなものかよくわかっちおる。おいも少しはかじっちょる。じゃっどん日本中におる士族や庶民たちにはそれがどげんなものか少しも正体がつかめておりもはん。おいも詳しくは判りもはん。遠く西洋の果てから持ち込まれたものとしか思えぬ。四民平等ちこつな、がっつい理解しておりもす。そん施策なごっそい打っ出してきもした。じゃっどん、ないもかいも話し合いで決めるちこつな、理想ではあるもんの無理な話でごわす」

「抵抗する権利や革命をする権利だってあります。実際、佐賀では反乱を起こしたわけですから」

「そげんもんに命を預けられようか？」

「あなたはどういう時に起つのですか？」

「おいは、起つなぞちいってもはん！」

「一部の藩閥政治家が策をこらして政治を私する、『有司専制』の政治を許しておくのですか？　このままだと、天皇陛下の名前を出しさえすれば、彼らの思い通りにことが進む藩閥政治が跋扈します」

「彼らも彼らなりに一所懸命やっておるのじゃろう」

「本当ですか？　西郷どんのお言葉とも思えません。あなたについてきた薩摩の士族たちの期待をうらぎることになります。彼らは決してそのような気持ちではないと信じます。実を申し上げますと、わが佐賀の同志たちは、廟議の決議が二三の大臣によって覆されたことを糾弾して、すでに決起しました。すぐに鎮圧を決定した大久保は、傲慢無知で話にならない政府軍を派遣しました。これに対して佐賀軍は緒戦においては勝利を収めたものの、続々と援兵してくる政府軍によって壊滅状態に至っております。西郷どんの薩摩での決起があれば、なんとかその勢いを取り戻せましょう。ぜひとも西郷どんの決起を願う次第であります」

「それが江藤さんの来られた理由な？」と西郷は独りごちるように言い、

「そいでおいが決起するとでも思っちょるのか？　佐賀軍の兵力はどのくらいだったかい？」と聞いた。

「三千ぐらいです」

「おまんさぁがその総大将に祭りあげられたのだな。そんぐらいの兵力で決起なぞするなということしか申し上げられないね。革命はもっと国中を揺るがすような状況の中で起きるのだ。どげんもこげんも己の思い一つで決められるものではありもはん。傲慢無知で話にならないかもしれないが、政府軍を育てたのはこのおいでごわすけんね。おいどんがまだ陸軍大将だというこつを忘れておりよるの。おいが、そげな敗れると決まっちょるような反乱に加担するわけは、ばったいありもはん」

きっぱり西郷がそう言うと、江藤はやや狼狽して、

「わたしも無謀な決起はするなと呼びかけたのですが、ことここに至っては仕方がない。西郷どんの決起に期待するしかないと思ったのです」と言った。

西郷はいちおう考えるしぐさをしてから、

「無理だね。今は、いけんしてんその時ではなか」と言った。

江藤はがっくり肩を落とし、自分の最期を眺めるようにぼんやりとした目つきをして、

「わたしは佐賀にとどまるべきだったのかもしれません。じゃいばってんわたしにはなさねばならないことがたくさんあったのです」と過去形で言った。「陸軍大将殿には潔くないと叱られるかもしれませんが」

西郷は優しい眼をしてしばらく黙っていたが、

「これからどうするよ?」と聞いた。

「土佐に行きます。一刻も無駄にはできません」と江藤。

「そうか。おいも少し見送りをしよう」と言って二人は外へ出た。

鰻池から山川の港へ出る道は全部山の中で、提灯以外何の明かりもない真っ暗闇だった。

「山川はおいが奄美大島へ流された時、使った港じゃ。思いがけない島流しだと恨んだものじゃが、そこに住んじょる人々との出会いで、おいの全てが変わった。それなしではおいの今は考えられないいち思うようになった。どんなこつでも天は見とる。どんなこつでも天のもとで起こる。そう思うようになった。誠実に生きることでごわす。世間に対してげんねこちゃ《恥ずかしいこと》すんな。人を愛し天を畏れることでごわす」

二十、政府に尋問の筋これあり

西南戦争は士族が戦った最後の戦争となった。輜重や糧食の運搬役、あるいは兵卒として多数の平民も参加したが、その大部分は金や圧力によって徴集された者で、戦いの意味すら判っていなかった。

日本最後の内戦といわれる西南戦争は、明治十年（一八七七年）一月に政府による三菱汽船「赤龍丸」の鹿児島派遣に始まる。それまで備蓄されてきた弾薬や銃器を秘密裡に運び出そうというものだった。この情報を知った私学校党の面々が、陸軍火薬庫、海軍火薬庫、造船所を次々に襲撃し、武器・弾薬等を数万発分掠奪した。

同じ頃、警視庁初代大警視の川路《かわじ》利良《としよし》によって組織された二十余名の薩摩出身の密偵組織が、私学校党によって摘発された。この密偵組織は私学校の探索・弱体化・離間・攪乱等を目的とするが、頭領の中原尚雄《なかはらなおお》は「西郷謀殺の密命もあった」と供述した。「西郷は同人知人である故、面会を得て刺殺すべき覚悟だった」と自供したと私学校党は述べている。

一連のこうした動きにあって、薩摩の士族たちの間にはにわかに興奮がたかまった。

土佐で捕縛された江藤新平は、本人の陳述をほとんどさせない、たった二日の形だけの裁判で「梟首《きょうしゅ》」の判決を受け、翌日処刑、さらし首にされた。近代的司法制度の樹立をめざして力を注いできた江藤にしてみれば、こうした暗黒裁判は、これ以上ないむごい結末だった。

廟堂《びょうどう》を二分してまで自らを平和路線に塗り込めた筈の政府だったが、江藤処刑の翌月に台湾への出兵を行った。朝鮮へは、日本海軍が奸計をもって江華島を砲撃し、日朝修好条規を結ばせた。

地租改正や秩禄処分をめぐって士族の不満がこの上なくたかまり、熊本の神風連の乱、福岡の秋月の乱、山口の萩の乱と士族の乱があいついだ。これとは別に、生活苦から農民蜂起・打ちこわしがかつてなく広がっていた。

この上は、有力士族を抱え持つ薩摩がどう出るか、下野した西郷隆盛がどう出るか、誰もの視線が薩摩に注がれることとなった。

西郷が私学校党の火薬庫襲撃の報を聞いたのは狩猟のため大隅半島に滞在している時だった。報せを受けたとき、西郷はしばらく呆然とし、「ちょっし《し》もた《まった》！」と大きく叫んだという。止めることの出来ない大きなうねりを感じたからである。

有司専制の官僚独裁反対！　藩閥汚職政府打倒！

この声は、「大臣の侈靡驕奢《しびきょうしゃ》と下の飢餓。官員達の外には虚飾、内には名利。朝令夕替により万民狐疑《こぎ》。重税・大徴用。賞罰は法律ではなく愛憎をもってする」と、新政府の腐敗ぶりを糾弾して、衆議院門前で割腹自殺をした元薩摩藩士を思い起こさせた。明治の革命で死んでいった両軍の死者たちに西郷は申し訳ない気持ちでいっぱいだった。

現政府への不満と西郷隆盛に対する期待は、もう噴火せざるを得ないところまで来ていた。

私学校幹部の会議の結果、「旗鼓《きこ》堂々総出兵のほかに採るべき道はない」という桐野利秋の案が採択された。西郷自身も蜂起するつもりはなかったが、大久保や岩倉、木戸、伊藤らに問いただしたいことがたくさんあった。それで、「政府に尋問の筋これあり。日ならずして当地発程いたし候」と届けを出した。これしか表現の方法はなかった。島津久光もしばしばこの方法を採った。しかし中央集権国家造りに熱中している大久保や伊藤らは、到底これを受け入れるわけにはいかなかった。

　これによって西南戦争が勃発することとなる。

　明治十年二月十五日、いつにない大雪が降りつもる鹿児島から、薩軍一万五千の兵は七つの大隊に分かれ、順次私学校前の練兵場から熊本方面に向けて出発して行った。簑をつけている者もいるが、その下の服装は小袖に袴、陸海軍の軍服と様々だ。西郷隆盛はしんがりの大隊で陸軍大将の軍服を着て、軍馬にまたがり、途についた。西郷の回りは彼を警護する侍二十名が取り囲んだ。普段とはまったく異なった深い積雪は、今後の辛酸を予感させないではなかった。しかし勇猛を誇った薩摩武士たちの中には、戦いの勝利を疑う者は誰もいなかった。

　薩軍北上の報を受けた熊本鎮台は、熊本城の一部と城下の南側から東側の地域を「射界《しやかい》の清掃」のため、焼き払った。そして熊本城籠城を決めこんだ。逃げ惑う熊本の町民を尻目に戦争が始まった。勝利を確信する薩軍は四方から城を攻め、激戦が繰り返されたが、城は落ちず、三月末、水攻めによって湖水に浮かぶ浮島のようになっても、未だ攻め落とすことはできなかった。

　そうこうしているうちに政府軍の援軍が陸続とやって来て、木葉・田原坂《たばるざか》での死闘が開始されることになった。抜刀隊という名の旧士族や旧会津藩士らの東北士族の生き残りも多数動員された。凄惨な戦闘の連続で、山のあちらこちらに死体が無残に転がった。特に田原坂では死体の山が至るところに為すことなく放置された。腐臭があたりに充満し、地獄の様相を表した。

農民や町人の動員も凄まじかった。

家は焼かれ、物は掠奪され、田畑は荒廃した。薩摩、政府軍、どちらもそれについては大して変わりはなかった。

一揆や打ちこわしが頻発した。阿蘇一揆や大分県北四郡一揆は参加者が数万人にも及ぶ大一揆だった。しかし農民一揆は薩軍の戦いに合流することはなかった。

徴発のやり方に抵抗して始まった「戸長征伐」は熊本県北部で頻発した。この闘いはルソーを学ぶ植木枝盛《えもり》らの学校に集まる民権派の運動と直結していた。彼らは「西郷と主義は違っているが、西郷の力を借りなければ政府を倒すことはできない」と主張し、四百名の「協同隊」を組織し、薩軍に加わった。

政府軍の衝背軍《しょうはい》が八代を攻撃すると、戦禍は熊本全土、宮崎全土に拡大する。西郷隆盛は川尻から人吉、さらには宮崎、延岡と本拠地を転々と変えていったが、自らが最前線に立つことは絶えてなかった。数十名の護衛に囲まれ、彼らに厳重に見守られて過ごした。

時には狩りを楽しんだりもしていた。

指揮は村田新八、桐野利秋、別府晋介、野村忍介《おしすけ》、池上四郎らの合議に任せ、その結果を素直に受け入れた。「命もいらず、名もいらず、官位も金もいらぬ人は始末に困るものなり。この始末に困る人ならでは、艱難《かんなん》を共にして国家の大業は成し得られぬなり」が口癖だった。

しかし薩軍が負け続け、とうとう追い詰められた和田越《わだごえ》峠の戦闘ではじめて全軍の指揮をとった。総勢は三千五百。最大で三万以上に膨れ上がったことのある薩摩軍が、ここまで消耗してしまったのである。尾羽打ち枯らしたとも形容のできる薩摩軍の眼と鼻の先には、敵軍の本営があって、山県有朋がいた。軍の総大将が対峙することになった。

河口に並べられた四艦の政府軍艦からの艦砲を含む両陣営の砲撃、突撃が繰り返されたが、やはり兵力・火力のまさる官軍に勝つことはできず、夕刻、西郷隆盛は解軍宣言を発した。「我が軍の窮迫ここにいたる。今日より先はただ命をかけた最期の戦いがあるだけだ。この際、諸隊においては、降参する者は降参し、死のうとする者は死んでもよい。幹部も部下も身分の差なく、ただ自分の判断に従って行動を決めろ」というものである。

多くの隊で降伏したり自決したりする者が続出した。

西郷は、陸軍大将の特別な制服や、政府に尋問する時必要な密偵組織の供述調書等の書類を焼却し、愛犬とも別れを告げ、野に放った。それから残った数百名で可愛《えの》岳を突破し、半月後には鹿児島の城山へ戻っていた。

たった七カ月半の別れといえども懐かしい桜島。山裾は薩摩湾へとなだらかな曲線をもって沈みこみ、存在感を際立たせる山岳は自然そのものの成り立ちを彷彿させるように威容を誇っている。この桜島と正対する城山、彼らは死に場所にここを選んだ。彼らの人生はもちろん、地球の営みそれ自体を感じさせてくれる所だ。

人間の歴史なんて本当にちっぽけなものだ。しかしその中で愛し合い、殺し合い、だましあう。それがなんともいとおしく、いじましい。人間の一人であるのなら、多くの人々に信頼され愛されて過ごせるのなら、これに越したことはない。人を愛することは人の道にも通じる。

しかしたとえそうならなくても、天は皆同じように見ていてくれる。自然世界は人間の思いをはるかに越えた次元で、厳然と存在している。これに身をゆだねられることはなんと素晴らしいことだろう。西郷は人生の中で多くの人物と出会った。思えば、誰もがその人物なりに懸命に生きていた。彼らとの出会いは多くの意味を持っていた。自分は幸せな男だったとつくづく思う。

今、彼を全身全霊で慕ってくれる者たちに囲まれ、戦って死ねるとは、これにまさる武士冥利はない。しかし武士の時代はこれで終わりだ。後を継いでいく者たちは、そこを理解して立派な日本を創ってくれるだろう。

山県有朋は可愛岳での教訓から、充分に包囲して攻める方策をとっていた。城山を五万人の兵隊で五重六重の竹柵をもって取り囲み、堡塁を作り、連日激しい砲撃を繰り返して圧力を加えた。鹿児島に戻った薩摩兵は総勢三百七十二名に過ぎなかった。

九月二十四日午前四時、予定通り政府軍の総攻撃が開始された。

これはあらかじめ判っていたので、薩摩軍の将校たちは前夜、岩崎谷の洞窟前で別れの宴を持っていた。その後、西郷ら四十余名は、岩崎谷正面を守備する陣地に向かって駆け下りていった。降り注ぐ銃弾に当たる者、自刃する者が続いた。そろそろこの辺りで最期にするかと勧める辺見十郎太に対し、まだまだと前進する西郷は大腿部と腹部に銃弾を受け、ついに歩けなくなった。西郷は傍らの別府晋介を見上げ、

「晋どん、もうこの辺でよか」と言った。それは前夜取り決めた介錯の合図だった。別府は「ごめんなったもんし」と白刃を振りかざし、首を落とし、その首を地中に隠した。それを確認すると、辺見は、

「西郷どん、戦死！」と薩摩軍に知らせた。手筈どおりであった。これを聞いて村田新八は自刃、別府と辺見はお互いに刀で刺し合い、桐野や池上は堡塁に突撃して壮烈な最期を

むかえた。

彼らはすべて城山の塵となり、城山そのものとなった。地元の人々はそこを西郷ゆかりの地として広く愛し続けた。

西南戦争の後、九州地方にはコレラが蔓延したが、士族同士の戦争はこれで終了し、さむらいの天下は完全に幕を閉じた筈だった。

しかし帝国主義列強に畏服して富国強兵に邁進する日本の国家は、さむらいの精神を重宝がり、日清戦争、日露戦争、第一次世界大戦、日中戦争、第二次世界大戦の血みどろの殺し合いを経験しなければならなかった。

人々の惨苦は言語に絶する甚大なものであったが、美しい日本の自然風景は、時々報復を示しつつも、美しさを失わなかった。北の国は風清々しく群青の湖面を揺らし、南の国はなだらかな緑の山地を暑熱の風が撫でながら通り過ぎて行った。

しかし歴史はしばしば、徳川慶喜や西郷隆盛が最後に選んだような生き方を、おのれ自身がするよう要請してくるのだった。

《主要参考文献》

『仏蘭西公使ロセスと小栗上野介』神長倉真民（ダイヤモンド出版）
「日仏修交通商条約、その内容とフランス側文献から見た交渉経過」有利浩一郎（「ファイナンス」掲載、財務省）
『徳川慶喜と水戸藩の幕末』秋山猶正（茨城新聞社）
『江戸幕末滞在記』エドゥアルド・スエンソン著、長島要一訳（講談社学術文庫）
『絶景、パリ万国博覧会』鹿島茂（河出書房新社）
『赤松小三郎ともう一つの明治維新』関良基（作品社）
『鳥羽伏見の戦い』野口武彦（中公新書）
『明治六年政変』毛利敏彦（中公新書）

著者略歴

福井孝典（ふくい・たかのり）
一九四九年神奈川県生まれ。
早稲田大学教育学部卒業。
著書＝『天離る夷の荒野に』
『屍境――ニューギニアでの戦争』
『北京メモリー』
『ドリームキャッチャー』
（以上、作品社）

慶喜と隆盛　美しい国の革命

二〇二〇年六月一五日第一刷印刷
二〇二〇年六月二〇日第一刷発行

著者　福井孝典
装幀　小川惟久
発行者　和田肇
発行所　株式会社作品社

〒一〇二-〇〇七二
東京都千代田区飯田橋二ノ七ノ四
電話　(〇三)三二六二-九七五三
FAX　(〇三)三二六二-九七五七
http://www.sakuhinsha.com
振替　〇〇一六〇-三-二七一八三
本文組版　(有)一企画
印刷・製本　シナノ印刷(株)

ISBN978-4-86182-813-3 C0093